诗话雅书

# 放翁诗话

一代诗杰的诗意感悟

唯美插画版

张春媚　编著

长江出版传媒

崇文书局

## 图书在版编目（CIP）数据

放翁诗话 / 张春媚编著. -- 武汉：崇文书局，
2018.2（2021.8 重印）
（诗话雅书）
ISBN 978-7-5403-4825-0

Ⅰ．①放… Ⅱ．①张… Ⅲ．①诗话－中国－南宋
Ⅳ．① I207.22

中国版本图书馆 CIP 数据核字（2018）第 015255 号

## 放翁诗话

责任编辑　程　欣
出版发行　长江出版传媒｜崇文书局
地　　址　武汉市雄楚大街 268 号 C 座 11 层
电　　话　(027)87293001　邮政编码　430070
印　　刷　湖北画中画印刷有限公司
开　　本　880mm×1120mm　1/32
印　　张　5.5　　　插　页　5
字　　数　120 千
版　　次　2018 年 2 月第 1 版
印　　次　2021 年 8 月第 3 次印刷
定　　价　29.80 元
（如发现印装质量问题，影响阅读，请与承印厂调换）

# 前　言

　　陆游（1125—1210），字务观，号放翁，越州山阴（今浙江绍兴）人。祖父陆佃，父陆宰。宋高宗绍兴中，陆游应礼部试魁首，因秦桧排斥而仕途不畅。宋孝宗即位后，赐进士出身，历任福州宁德县主簿、敕令所删定官、隆兴府通判等职，因坚持抗金，屡遭主和派排斥。乾道七年（1171），应四川宣抚使王炎之邀，投身军旅，任职于南郑幕府。次年，幕府解散，陆游奉诏入蜀，任夔州通判，与范成大相知。宋光宗继位后，升为礼部郎中兼实录院检讨官，不久即因"嘲咏风月"罢官归居故里。宋宁宗嘉泰二年（1202），以韩侂胄荐，入京，主持编修孝宗、光宗《两朝实录》和《三朝史》，官至宝章阁待制。韩败，陆游被劾落职，退居鉴湖三山，晚封渭南县伯。

　　陆游诗、词、文、书皆工，尤以诗著称，与范成大、杨万里、尤袤并称"中兴四大家"。今存诗近万首，内容丰富，题材广博，以抗金复国、统一大业为主。诗风雄浑豪放，亦有清新、闲澹之作。著有《渭南文集》《剑南诗稿》《老学庵笔记》《南唐书》《家世旧闻》及《放翁家训》《感知录》《斋居纪事》等。

　　陆游论诗纵横深广，独具慧眼，上薄《风》

《骚》，中承陶谢，远追李、杜、岑、白，近效宛陵、苏、黄、茶山，提出"工夫在诗外""诗家三昧"等诗论，对后世诗论和创作影响深远。《四库全书总目提要》载："《宋史·艺文志》又载《山阴诗话》一卷，今其书不传，此编（《老学庵笔记》）论诗诸条，颇足见游之宗旨，亦可补诗话之阙矣。"惜陆游《山阴诗话》不传，而其诗学思想则主要散见于笔记小说及文集序跋中。本书选录其诗话凡三十八则，详加注释，并附鉴赏，以窥陆游诗学之一二。

张春媚

2018 年 2 月

# 目 录

上编 诗话

一 工夫在诗外 …………………………………… 3

二 李白识度甚浅 …………………………………… 8

三 今人解杜诗但寻出处 …………………………… 13

四 《哀江头》即《长恨歌》 ……………………… 18

五 张继《枫桥夜泊》诗 …………………………… 24

六 杜牧之作《还俗僧诗》 ………………………… 28

七 荆公集句或以为舛误 …………………………… 32

八　东坡何须出处 …………………………………… 35

九　东坡在岭海间 …………………………………… 39

十　鲁直诗《题扇》 ………………………………… 41

十一　澹斋居士诗序 ………………………………… 44

十二　曾裘父诗集序 ………………………………… 50

十三　云安集序 ……………………………………… 56

十四　方德亨诗集序 ………………………………… 62

十五　杨梦锡集句杜诗序 …………………………… 67

十六　悔圣俞别集序 …………………… 71

十七　跋吴梦子诗编 …………………… 77

十八　跋渊明集 ………………………… 81

十九　跋岑嘉州诗集 …………………… 84

**下编　词话**

一　冯延巳　吹皱一池春水 …………… 89

二　李煜此中日夕只以眼泪洗面 ……… 92

三　昭惠后好音时出新声 ……………… 96

四　露花倒影柳三变⋯⋯⋯⋯⋯⋯⋯⋯⋯⋯⋯　101

五　俞秀老紫芝善歌讴⋯⋯⋯⋯⋯⋯⋯⋯⋯　105

六　晏叔原乐府词不谓之剽可也⋯⋯⋯⋯　109

七　欧阳公长短句山色有无中⋯⋯⋯⋯⋯　113

八　东坡此篇居然是星汉上语⋯⋯⋯⋯⋯　118

九　世言东坡不能歌⋯⋯⋯⋯⋯⋯⋯⋯⋯⋯　121

十　鲁直在戎州作乐府⋯⋯⋯⋯⋯⋯⋯⋯⋯　124

十一　贺方回状貌奇丑⋯⋯⋯⋯⋯⋯⋯⋯⋯　127

十二　长短句序 …… 132

十三　京口唱和序 …… 137

十四　徐大用乐府序 …… 143

十五　跋花间集（其一） …… 148

十六　跋花间集（其二） …… 151

十七　跋金奁集 …… 155

十八　跋后山居士长短句 …… 161

十九　跋范元卿舍人书陈公实长短句后 …… 164

# 上编 诗话

# 一　工夫在诗外

## 示子遹

我初学诗日，但欲工藻绘①。中年始少悟，渐若窥宏大②。怪奇亦间出，如石漱湍濑③。数仞李杜墙，常恨欠领会④。元白才倚门，温李真自郐⑤。正令笔扛鼎⑥，亦未造三昧⑦。诗为六艺一，岂用资狡狯⑧？汝果欲学诗，工夫在诗外⑨。

（《剑南诗稿》）

### 注释

① 藻绘：文辞，文采。这一句说的是陆游早年从江西诗派学诗，主要关注诗歌的语言形式、艺术技巧等内在功夫。

② 宏大：巨大、宏伟，广大的范围。"中年始少悟，渐若窥宏大。"这一句说的是陆游入蜀的一段经历，"四十从戎驻南郑，酣宴军中夜连日。"（《九月一日夜读诗稿有感走笔作歌》）在蜀几年，他亲历抗金前线，用诗笔描绘自己的所见所感，这段浪漫的生活为他赢得了"放翁"的称号，诗集取名"剑南"也是源于此。

③ 湍濑：水浅流急处。《淮南子·原道训》："（舜）钓于河滨，朞年而渔者争处湍濑，以曲隈深潭相予。"《文选·曹植〈洛神赋〉》："攘皓腕于神浒兮，采湍濑之玄芝。"李善注引应

劲曰："瀨，水流沙上也。"亦谓水浅流急貌。"怪奇亦间出，如石漱湍瀨。"这一句是陆游对自己诗风的形象描绘。

④ 李杜：李白与杜甫的合称。"数仞李杜墙"中的"李杜"是沿袭传统的并称，然而陆游对李杜二人并非不分轩轾。陆游曾有着"小李白"的雅号，其好酒作诗的"颓放"本色也与李白有相似之处，他们二人更多的是性格上的趋近，但对李白的人品识度等许多方面，陆游仍有微词。而杜甫的精神品格在陆游的心中是至高无上的。"常恨欠领会"既是说自己很难达到李杜的成就，也是批评时人中少有能领会他们诗歌精髓者。

⑤ 元白温李：元白，唐代诗人元稹和白居易的合称。倚门，指依傍或因袭他人。温李，唐代诗人温庭筠和李商隐的合称。自郐，又作自郐以下，表示自此以下的不值得评论。

⑥ 笔扛鼎：出自韩愈《病中赠张十八》："龙文百斛鼎，笔力可独扛。"比喻诗歌艺术技巧上的精湛高超，挫笼万类、包罗巨细、因难见巧、变幻多姿。

⑦ 三昧：佛教语，梵文音译，又译"三摩地"，意译为"正定"，谓屏除杂念，心不散乱，专注一境。此处指作诗的奥妙、诀窍。"正令笔扛鼎，亦未造三昧"，陆游认为自己中年创作的那些渐趋宏大、怪奇间出的诗歌，存有明显的雕琢痕迹，依然没有领会李杜诗之真义，依然没有到达"诗家三昧"的真境。

⑧ 六艺、狡狯：六艺，古代教育学生的六种科目。《周礼·地官·大司徒》："三曰六艺：礼、乐、射、御、书、数。"《史记·孔子世家》："孔子以诗书礼乐教，弟子盖三千焉，身通六艺者七十有二人。"狡狯，指戏言，玩笑。六艺后来指儒家经典《六经》，即《诗》《书》《礼》《易》《乐》《春秋》，陆游把后世诗人创作的诗歌直接与《诗经》联系起来，认为作诗非游戏，不可随意为之。

⑨ 工夫：指花费时间和精力后所获得的某方面的造诣本领。唐韩偓《商山道中》诗："却忆往年看粉本，始知名画有工夫。"陆游《夜吟》之二："六十余年妄学诗，工夫深处独心知。"

陆游认为，要写出好的作品，正确的方法是走向生活，而不是雕章琢句。这是陆游在总结一生的学诗经验后水到渠成的结论，也是他向儿子提出的期望。正所谓："法不孤生自古同，痴人乃欲镂虚空。君诗妙处吾能识，正在山程水驿中。"（《题庐陵萧彦毓秀才诗卷后二首》）

## 译文

我年轻初学写诗的时候，只知道追求诗句工整，修辞华美，总在字句上下功夫。到中年写诗时，始有所悟，才逐渐窥察到宏大深邃的诗意境界，也就能写出一些好诗来，有如被湍流冲洗的顽石，显得奇特不俗。唐朝李白、杜甫的诗，是不可逾越的高峰，有如数仞高墙挡在眼前，我恨自己领会不深，渴望而不可及。元稹和白居易的诗，也只能说到达了高墙的门边，至于温庭筠、李商隐的诗，就不值得一提了，即使是他们的扛鼎之作，也未必能真正领会诗中三昧。诗是六艺之一，哪能仅仅当作笔墨游戏呢？所以，你果真要学习写诗，不仅要学习字词句式，还要有更深的学问，作诗的工夫，在于诗外的历练。

## 品读

嘉定元年（1208）的一个秋日，陆游的幼子子遹向他请教作诗的法门，耄耋之年的老诗人回忆自己往昔的作诗生涯，不无感触地说道："汝果欲学诗，工夫在诗外。"仕途的起起伏伏，人生的风风雨雨，饱经沧桑之后，陆游总结出了"工夫在诗外"的著名的诗学论断。何谓诗外工夫？钱钟书先生解释为："要做好诗，该跟外面的世界接触，不用说，该走出书本的字里行间，跳出蠹鱼蛀孔那种陷人坑……诗人绝不可以关起门来空想，只有从游历和阅历里，在生活的体验里，跟现实——'境'碰面，才会获得新鲜的诗思——'法'。"（《宋诗选注》）

陆游认为自己早期作诗，只知道在辞藻、技巧、形式上下功夫，到中年后才领悟到这种做法之浅薄乏趣，逐渐习得为诗门径，他认为诗歌更应该注重内容、意境，反映人的要求和喜怒哀乐。同时陆游强调诗歌乃六艺之一，作诗态度应该谨慎严肃，不应该游戏为之。最后告诫后辈"汝果欲学诗，工夫在诗外"。反观《剑南诗稿》所存陆游早期作品，不见有藻绘之迹，主要是因为陆游在严州刻集之时，已经严加删汰的缘故。《渭南文集》卷二十七《跋诗稿》有云："此予丙戌以前诗二十之一也。及在严州再编，又去十之九。然此残稿，终亦惜之，乃以付子聿，绍熙改元立夏日书。"丙戌为乾道二年，今诗稿中所存乾道二年以前的诗，仅九十四首，由此可见，先前的藻绘之篇，都已经删汰。

"工夫在诗外"论始于陆游此诗，自此以后，这一说法成为一个习常的文学命题，所谓诗外工夫，即强调诗歌创作要有诗人深刻的生活体验与广泛的社会涉猎。陆游认为诗家所作的好坏高下，是其经历、阅历、见解、识悟所决定的。他强调诗人对于客观世界的认知实践、身体力行。从格物致知的探索，从血肉交融的感应，从砥砺磨淬的历练，获得诗外的真功夫。诗人创作应将生活中的游历与体验，包括情、景、事相融汇，使得诗家之情与现实之境相触碰，不闭门造车、扣画虚空，方可成为大家。其《剑南诗稿》卷四十二《冬夜读书示子聿》一诗表达了诗人同样的观点："古人学问无遗力，少壮工夫老始成。纸上得来终觉浅，绝知此事要躬行。"

诗外工夫百炼成，正是由于陆游一生执着追求报国理想，热烈拥抱生活，关注现实人生，他的诗才渐臻化境，成为宋诗创作的一座高峰。

# 二　李白识度甚浅

世言荆公《四家诗》①后李白②，以其十首九首说酒及妇人，恐非荆公之言。白诗乐府外，及妇人者实少，言酒固多，比之陶渊明辈，亦未为过。此乃读白诗不熟者，妄立此论耳。四家诗未必有次序，使诚不喜白，当自有故。盖白识度甚浅③，观其诗中如"中宵出饮三百杯，明朝归揖二千石"④、"揄扬九重万乘主，谑浪赤墀金锁贤"⑤、"王公大人借颜色，金章紫绶来相趋"⑥、"一别蹉跎朝市间，青云之交不可攀"⑦、"归来入咸阳，谈笑皆王公"⑧、"高冠佩雄剑，长揖韩荆州"之类⑨，浅陋有索客之风⑩，集中此等语至多。世俱以其词豪俊动人，故不深考耳。又如以布衣得一翰林供奉，此何足道，遂云："当时笑我微贱者，却来请谒为交亲。"⑪宜其终身坎凛也⑫。

（《老学庵笔记》）

## 注释

① 荆公《四家诗》：荆公，即王安石（1021—1086），字介

甫，号半山，谥文，世称王荆公。北宋抚州临川县城盐埠岭（今抚州市临川区邓家巷）人，封荆国公，中国历史上杰出的政治家、思想家、学者、诗人、文学家、改革家，唐宋八大家之一。《四家诗》指王安石曾编选杜甫、欧阳修、韩愈和李白的《四家诗选》。

② 李白：字太白，号青莲居士，又号 "谪仙人"，是唐代伟大的浪漫主义诗人，被后人誉为 "诗仙"，与杜甫并称为 "李杜"。

③ 识度：见识与器度。晋袁宏《后汉纪·明帝纪上》："苍体貌长大，进止有礼，好古多闻，儒雅有识度。" 宋苏轼《答乔舍人启》："某闻人才以智术为后，而以识度为先。"

④ "中宵" 句：句出《幽歌行上新平长史兄粲》。

⑤ "揄扬" 句：句出《玉壶吟》。

⑥ "王公" 句：句出《驾去温泉后赠杨山人》。

⑦ "一别" 句：句出《走笔赠独孤驸马》。

⑧ "归来" 句：句出《相和歌辞·东武吟》

⑨ "高冠" 句：句出《忆襄阳旧游赠马少府巨》

⑩ 索客之风：索客，指门客，清客。此处指李白有的诗歌干谒目的很明显。

⑪ "当时" 句：句出《赠从弟南平太守之遥二首其一》

⑫ 坎凛：语出《楚辞·九辩》："坎凛兮贫士失职而志不平。" 后以 "凛坎" 谓不得志，屡经坎坷。明唐顺之《与金摄山县尹》："摄山之凛坎于世，也是金之数经于火也；其再令于章丘也，是再牧马也。"

## 译文

大家都说王安石编选《四家诗》，把李白放在最后一位，是因为李白的诗歌十有八九是言酒及妇人，这恐怕不是王荆公的言论。李白诗，除了乐府以外，言及妇人的实在很少，言酒确实很多，和陶渊明比起来，也不算是过分。这都是因为读李白的诗歌还不够熟透，才妄下此论。《四家诗》的编选不一定是讲次序的，假使确实不喜欢李白，应当是有其他的原因。大概是因为李白的见识与气度比较浅薄，看看他的诗歌，如"中宵出饮三百杯，明朝归揖二千石""揄扬九重万乘主，谑浪赤墀金锁贤""王公大人借颜色，金章紫绶来相趋""一别蹉跎朝市间，青云之交不可攀""归来入咸阳，谈笑皆王公""高冠佩雄剑，长揖韩荆州"之类，浅陋有干谒之风。其诗集中此等作品也比较多。人们都认为李白的诗歌豪放雄劲、动人心魄，那是没有经过深入研究而发出来的言论。李白以布衣身份而在宫中官翰林供奉，这又没有什么好称道的，李白也说："当时笑我微贱者，却来请谒为交亲。"所以他的一生屡经坎坷，抑郁不得志。

## 品读

王安石为陆游祖父陆佃的老师，陆游对王也是相当崇敬的。故对世论王安石所言太白诗迷色耽酒予以批驳。但是陆游却从另一角度提出了自己对太白诗的不满，认为太白之诗，功利性太强，虚荣心太重，有些干谒之诗"索客"气味太浓而流于浅陋。另一方面，李白的"终身坎凛"虽有自身的主观原因，但还是给时时失意的陆游留下了深刻的印象，诗文中也曾以自身的失意比李白，"君不见诗人跌宕例如此，苍耳林中留太白"。（《山园草间菊数枝开席地独酌》）由此可见，陆游推崇李白，主要是因为李白的诗歌创作凌跨百代，而对其人格取向，却是颇为不满的。

其实，从诗学传承的角度看，陆诗和李诗的内在关联还是存在的。陆游对李白诗歌的继承，主要表现在艺术手法的借鉴上。这种借鉴，较为明显的表现为对李诗夸张手法的继承。李诗的夸张有显著的特点，好用巨额数字以产生空间、时间的艺术张力。陆游诗歌也具有类似的特点，对李白之诗颇多点化。诸如"十年学剑勇成癖，腾身一上三千尺。"（《融州寄松纹剑》）"一饮五百年，一醉三千秋。"（《江楼吹笛饮酒大醉中作》）"起倾斗酒歌出塞，弹压胸中十万兵。"（《弋阳道中遇大雪》）"我愿一日一百二十刻，我愿一生一千二百岁……劝尔白日无西颓，常行九十万里胡为哉？"（《日出入行》）"倾家酿酒三千石，闲愁万斛酒不敌。"（《草书歌》）"援臂将军老未衰，气吞十万羽林儿。"（《野兴》）"金桥化出三千丈，闲把松枝引鹤行。"（《梦海山壁间诗不能尽记以其意追补四首其一》）"太华五千仞，天台四万丈。"（《醉卧道边觉而有赋》）"三万里河东入海，五千仞岳上摩天。"（《秋夜将晓出篱门迎凉有感二首其二》）"胸中十万宿貔貅，皂纛黄旗志未酬。"（《冬夜读书有感》）等等，不一而足。

除运用巨额数字增加诗歌张力外，陆游还善于"绘梦"。陆游借助梦境抒发感情的句子，壮丽寥廓，极富浪漫情调，与李白描写梦境的诡谲瑰丽异曲同工。陆游"横槊赋诗非复昔，梦魂犹绕古梁州。"（《秋晚登城北楼》）"良时恐作他年恨，大散关头又一秋。"（《归次汉中境上》）"夜阑卧听风吹雨，铁马冰河入梦来。"（《十一月四日风雨大作》）等等，凝聚了他早年戍边的壮志豪情与今时朝国廷宕的孤愁悲慨，将历史时空拓展开来。这种具有浪漫主义的写作手法，很难说没有受到李白诗歌的影响。

陆游采用巨额数字夸张所包含的情感底蕴是对南宋偏安的政治格局不满，更有一种收复失地的强烈愿望。陆游奔放的情感之中，融注进了深刻的现实内容，使其诗歌在奔放飘逸的外形之下，更增添了沉郁悲壮的色彩。但就是这种奔放的抒情方式，飘逸的外在风格，使得陆游的很多诗歌神似李白。宋罗大经《鹤林玉露》甲篇卷四云："寿皇（指孝宗）尝谓周益公曰：'今世诗人，亦有如李白者乎?'益公因荐务观。由是擢用，赐出身南宫舍人。"陆游于是得到了"小李白"的称号，观之其诗，此殊荣当非过誉。

# 三 今人解杜诗但寻出处

今人解杜诗①，但寻出处，不知少陵之意，初不如是。且如《岳阳楼诗》："昔闻洞庭水，今上岳阳楼。吴楚东南坼，乾坤日夜浮。亲朋无一字，老病有孤舟。戎马关山北，凭轩涕泗流。"此岂可以出处求哉？纵使字字寻得出处②，去少陵之意益远矣。盖后人元不知杜诗所以妙绝古今者在何处，但以一字亦有出处为工。如《西昆酬唱集》中诗③，何曾有一字无出处者，便以为追配少陵，可乎？且今人作诗，亦未尝无出处，渠自不知，若为之笺注，亦字字有出处，但不妨其为恶诗耳。

（《老学庵笔记》）

## 注释

① 杜诗：杜甫（712—770），字子美，自号少陵野老，唐代伟大的现实主义诗人，与李白合称"李杜"。杜甫也常被称为"老杜"。杜甫对中国古典诗歌的影响非常深远，被后人称为"诗圣"，他的诗被称为"诗史"。后世称其杜拾遗、杜工部，也称他杜少陵、杜草堂。

② 字字寻得出处：此处指北宋江西诗派的诗歌理论"无一字无来处"。

③《西昆酬唱集》：宋初唱和诗集，杨亿编。宋真宗景德二年（1105），王钦若、杨亿等奉命编纂《册府元龟》。他们在秘阁编书，秘阁是帝王藏书之所，据《山海经》《穆天子传》记载，帝王藏书之所为册府、玉山、西昆。所以，他们编书之余唱和的诗编为《西昆酬唱集》。除杨亿、刘筠、钱惟演等以外，还有不参加编书的张咏、丁谓等也参加唱和。全书共收录 17 人的 248 首诗，大多为五七言律诗。其中，杨亿、刘筠、钱惟演的诗占五分之四以上。诗歌题材比较狭窄，咏物之作较多，主要反映优游生活。

## 译文

现在的文人解读杜甫的诗歌，只是寻求词意典籍的出处，而不知道杜诗的真正意蕴所在，一开始这样做是不对的。比如杜甫《岳阳楼诗》："昔闻洞庭水，今上岳阳楼。吴楚东南坼，乾坤日夜浮。亲朋无一字，老病有孤舟。戎马关山北，凭轩涕泗流。"这样的诗歌怎么可以仅仅探求词语出处呢？这样只会距离杜诗意蕴更加遥远了。后来的人根本不知道杜诗妙绝古今的佳处何在，仅仅知道从字句出处来理解杜诗，便以为工致。如宋初《西昆酬唱集》的诗歌，引经据典，每一首都讲究字句出处，便以为可以追配杜诗，可以吗？今人作诗，也未尝不讲字句出处，自己却不知道，如果要为这些诗作笺注，也是字字有出处，难怪会沦为下等之作招来恶诗的骂名。

## 品读

杜甫在宋代受到了前所未有的礼遇。宋人尊杜甫为"诗圣"，治杜学杜，成为一时的社会风尚。这使得宋代文人学者，几乎无不受杜甫的影响和杜诗的沾溉。其中北宋江西诗派尊杜学杜更是一个典型。南宋初，吕本中作《江西诗社宗派图》，将黄庭坚、陈师道等二十余人列为江西诗派。江西诗派是在黄庭坚的直接影响下形成的，他们的创作具有与黄庭坚类似的众多特点，讲究用典，生新瘦硬，是宋代一个影响深远的文学流派。代表人物有黄庭坚、陈师道、陈与义三人。到了元代方回提出了江西诗派的"一祖三宗"之说，即以杜甫为江西诗派之祖，而把黄庭坚、陈师道、陈与义三人称为诗派之宗。黄庭坚诗歌理论中最著名的主张是"夺胎换骨""点铁成金""无一字无来处"，即或师承前人之辞或师承前人之意的一种方法，目的是要在诗歌创作中"以故为新"。他主张多读前人作品，从中汲取艺术营养，熟练地掌握炼字、造句、谋篇等写作技巧，同时力求打破技巧的束缚而进入"不烦绳削而自合"的境界，并争取超越前人而自成一家。他极力推崇杜甫，把晚期杜甫诗视为宋诗美学理想的参照典范。他的尊杜观点最能体现宋代诗学的时代精神，主张对前代诗歌的语言艺术作积极的借鉴，他说："自作语最难，老杜作诗，退之作文，无一字无来处。盖后人读书少，故谓韩、杜自作此语耳。古之能为文章者，真能陶冶万物，虽取古人之陈言入于翰墨，如灵丹一粒，点铁成金也。"（《答洪驹父书》）

陆游曾师从曾几，为江西诗派嫡传，但却对江西诗派有所不满，对江西诗派奉为初祖的杜甫，陆游曾表达了与江西诗派迥然不同的意见。江西诗派推崇杜甫，着眼点在杜诗波澜老成的诗法技法，而忽视了杜甫思想内容的博大精深、沉郁顿挫。陆游以杜甫《岳阳楼》为例，认为如果不结合时代背景和诗人遭遇来理解这首诗歌，而只知寻求杜诗的用字出处，并不能真正理解杜甫此诗所表达的思想情感。解诗若以寻求出处为主，而不探究诗歌传达的情感意志，只能是一种舍本逐末的方法。

针对此一学杜风气，陆游曾不无感慨地说道："后世但作诗人看，使我抚几空嗟咨。"（《读杜诗》）陆游希望的是，学杜者除了看到杜甫"文章垂世自一事"的诗法技巧，还要注意到杜诗"忠义凛凛令人思"（《游锦屏山谒少陵祠堂》）的深广思想内涵。陆游所经历的山河破碎的痛楚与杜甫经历安史之乱的动荡流离极其相似，爱国情结在感同身受的基础上得到最大程度的共鸣。正是这样，陆游不满诗坛江西横流，于故纸堆中寻求精神依托而置家国现实于不顾，从而发出了学习杜诗精神内涵的号召。由此而驳斥了江西诗派奉为圭臬的"无一字无来处"的诗学观点。字字有出处，乃黄庭坚接引后学的不二法门。深感江西诗派末流的"恶诗"泛滥，身为江西嫡传的陆游敢于对宗派权威的诗学主张发起挑战，可见陆游走出江西诗派的决心何其坚定。

陆游在破中亦有立，他提出了"少陵之意"的诗学主张，矫正江西诗派只专研于诗艺的诗学偏向，在其他地方也曾作过不止一次的申述，可见他对"得古作者之意"的高度重视，如："文章要法，在得古作者之意。意既深远，非用力精到，则不能造也。"（《杨梦锡集句杜诗序》），又如："近世注杜诗者数十家，无一字一义可取。盖欲注杜诗，须去少陵地位不大远，乃可下语。不然，则勿注可也。今诸家徒欲以口耳之学，揣摩得之，可乎？"（《跋柳书苏夫人墓志》）陆游并未否定诗艺的学习，只是针对诗坛偏向而提出重视"诗意"的观点。陆游希望的是"诗艺"与"诗意"并进，艺术与内容统一。在南宋偏安、国家分裂的时代里，陆游的这一诗学主张无疑具有强烈的现实意义。而在这一诗学思想指导下的陆游诗歌创作，也因具有了浓厚的时代色彩而卓绝千古。

# 四 《哀江头》即《长恨歌》

蜀人石耆公言："苏黄门尝语其侄孙在庭少卿曰①：'《哀江头》即《长恨歌》也②，长恨冗而凡，哀江头简而高。'在庭曰：'《常武》与《桓》二诗③，皆言用兵，而繁简不同，盖此意乎？'黄门摇手曰：'不然。'"

（《老学庵笔记》）

### 注释

① 苏黄门：苏辙（1039—1112），字子由，一字同叔，晚号颍滨遗老，眉州眉山（属四川）人，北宋文学家、诗人，"唐宋八大家"之一。苏辙与父亲苏洵、兄长苏轼齐名，合称"三苏"，生平学问深受其父兄影响。

②《哀江头》与《长恨歌》：《哀江头》是杜甫的作品之一。此诗前半首回忆唐玄宗与杨贵妃游幸曲江的盛事，后半首感伤贵妃之死和玄宗出逃，哀叹曲江的昔盛今衰，描绘了长安在遭到安史叛军洗劫后的萧条冷落景象，表达了诗人真诚的爱国情怀，及对国破家亡的深哀巨恸之情。《长恨歌》是白居易的一首长篇叙事诗。全诗形象地叙述了唐玄宗与杨贵妃的爱情悲剧，诗人借历史人物和传说，创造了一个回旋宛转的动人故事，并通过塑造的艺术形象，再现了真实的现实生活，感染了千百年来的读者。诗的主题是"长恨"，该诗对后世诸多文学作品产生

了深远的影响。

③《常武》与《桓》：《常武》指《诗经·大雅·常武》，是中国最早叙事诗，描写周宣王率兵亲征徐国，平定叛乱，取得重大胜利。《桓》是指《诗经·颂·桓》，周公带成王东伐奄国之后，回到镐京，大会四方诸侯及远国使者，举行阅兵仪式，《桓》诗即为举行阅兵仪式前的祷词。

## 译文

蜀人石耆公说："苏辙曾对他的侄孙在庭说：'《哀江头》就是《长恨歌》，《长恨歌》冗长而平凡，《哀江头》简括而高远。'在庭说：'就像《常武》与《桓》二诗，都是描写战争，而繁简不同，大概是此意吗？'苏辙摇头摆手说：'不是的'。"

## 品读

### 哀江头

少陵野老吞声哭，春日潜行曲江曲。

江头宫殿锁千门，细柳新蒲为谁绿？

忆昔霓旌下南苑，苑中万物生颜色。

昭阳殿里第一人，同辇随君侍君侧。

辇前才人带弓箭，白马嚼啮黄金勒。

翻身向天仰射云，一笑正坠双飞翼。

明眸皓齿今何在，血污游魂归不得。

清渭东流剑阁深，去住彼此无消息。

人生有情泪沾臆，江水江花岂终极！

黄昏胡骑尘满城，欲往城南望城北。

"《哀江头》即《长恨歌》也"，苏辙将这两首旷世名诗做了具体的比较："长恨冗长而平凡，哀江头简括而高远。"这些比较主要是从两首诗的写作手法上着眼，认为杜甫的词句简约而形象丰富，章法飞动灵活，而相形之下，白居易就写得拘泥，不够含蓄有致。苏辙又曾在另一个地方做出注解："予爱其（指《哀江头》）词气，若百金战马，注坡蓦涧，如履平地，得诗人之遗法。如白乐天诗词甚工，然拙于纪事，寸步不遗，犹恐失之，所以望老杜之藩垣而不及也。"（胡仔《苕溪渔隐丛话前集》）

其实，杜甫的《哀江头》和白居易的《长恨歌》同取材于安史之乱中李、杨之事，但诗体不同，手法不同，主旨也不同。

先来说说《哀江头》。唐肃宗至德二载（757）的一个春日，身陷长安的诗人杜甫偷偷来到曲江，睹物生情，无限感慨，写下了《哀江头》这篇名作。全诗二十句，除首尾八句抒发诗人对国破家亡、物是人非的哀恸外，中间一大段主要着力摹写唐玄宗和杨贵妃的往日欢娱、安史乱起中马嵬兵变杨氏"血污游魂"的悲惨结局。就《哀江头》全篇的旨意而言，是多层次的。首先，《哀江头》中肯定含有讥刺之意。早在四年之前，杜甫就写了《丽人行》，对杨氏姐妹春游曲江之繁华场面大力渲染，藉以批判杨氏家族权势熏天的黑暗。其次，《哀江头》对玄宗、杨妃的悲惨结局确实有所同情。玄宗其人，既是一手造成安史之乱的罪魁祸首，又是创造开元盛世的一代明主，所以杜甫对玄宗的感情非常复杂。至于杨妃，她在马嵬坡被杀虽是咎由自取，但结局如此悲惨，杜甫对她也不无同情。第三，黄生《杜诗说》所说的"若悲若讽"最为中肯。曲江本是长安的游览胜地，皇亲国戚巡游曲江的繁盛场面虽然过于奢华，但毕竟是太平盛世的一个点缀。如今曲江一片荒凉，杜甫身临此境，抚今追昔，当然会百感交集。这种情感非常复杂，它夹杂着哀伤、悲悯、愤怒和怨恨，这就是《哀江头》的复杂旨意。

再来说说《长恨歌》。《长恨歌》作于元和元年（806）。一日，白居易与友人陈鸿、王质夫同游马嵬驿附近的仙游寺，道古论今，谈及唐玄宗与杨贵妃事，"相与感叹"。于是，白居易写下了此诗，陈鸿同时写了一篇传奇《长恨歌传》，一歌一传，相辅相成。据陈鸿看来，白氏作歌的意图"不但感其事，亦欲惩尤物，窒乱阶，垂于将来"，这或许是白居易作诗的本意。所以《长恨歌》开篇后用近三分之一的篇幅对李杨的纵情声色、误国乱政作了淋漓尽致的揭露，字里行间讽刺谴责的意味十分明显。但是，对于李杨二人帝妃间罕见的生死恋情，这位"多于情"的诗人又不能不深深同情，下笔之际，往往不知不觉深入角色之中，迷失了原先的创作意图。诗人以酸恻动人的语调，宛转形容了杨妃死后唐玄宗在蜀地的寂寞悲伤"行宫见月伤心色，夜雨闻铃肠断声。"及回宫以后的睹物思人、物是人非事事休的种种感触："芙蓉如面柳如眉，对此如何不泪垂……悠悠生死别经年，魂魄不曾来入梦！"诗中缠绵悱恻的情感与前面批判否定的情感发生了冲突，双重主题互相缠绕，对误国的批判被对爱情的怜悯冲淡。

　　艺术手法上，二诗各有所长。《哀江头》与《长恨歌》相较，一是七言古体，一是长篇歌行。限于篇幅，《哀江头》更为简练。采用的是运用典型事件的片断场景来表现主题的方法，如写李、杨之间欢笑，仅取游幸一事，场面一闪而过。但由于作者精心设计，这一闪而过的场景包含的容量却是很大的，它既写出了杨妃受宠、专宠，又巧妙暗示君王此时有失君道。《长恨歌》是以李、杨二人离合为线索，写杨贵妃入宫、赐浴、承欢、侍宴。一步一写，笔墨细腻。这种跟进法一开始就把读者的注意力引向李、杨的生死恋中去，较之杜甫的以景物描写开头，各有千秋。前者以江河依旧、人事全非之感令读者同诗人一道感慨、哀伤；后者则使读者目睹李、杨欢乐之极后，不觉忧从中来。从结构上说，《长恨歌》描绘了李、杨悲欢离合的全过程，《哀江头》仅选取李、杨游幸片断。虽然都是主题需要，但客观效果上，艺术感染力还是《长恨歌》强于《哀江头》。在语言上，《哀江头》凝练、含蓄，巧妙的用典包孕极深的讽谏之意；《长恨歌》平易浅显，圆转流畅，读来朗朗上口，自有魅力。《长恨歌》所写的时空也大于《哀江头》，天上人间，虚虚实实，并有方士寻觅仙界的浪漫描写。这种浪漫手法也是《哀江头》所未用的。

　　《哀江头》与《长恨歌》两首诗都描写兵事国事，表现手法各有千秋，然而陆游对苏辙所认为的《长恨歌》"冗而凡"的观点，表示赞同。杜甫所关心的，始终是国家的安危，百姓的疾苦，而不是杨贵妃一人的命运。《哀江头》"哀"字笼罩全篇，但不是为杨妃而哀伤，而是借杨妃的今昔对比，来抒发诗人的现实感慨，黍离之悲，家国之恨，流溢于字里行间；《长恨歌》则"铺写详密，宛如画出"（何良俊《四友斋丛说》），情文相生，风华掩映。两诗同为古典诗歌中的精品绝唱，主旨和艺术上各有千秋，不分高下。

# 五　张继《枫桥夜泊》诗

张继《枫桥夜泊》诗云①："姑苏城外寒山寺，夜半钟声到客船。"欧阳公嘲之云②："句则佳矣，其如夜半不是打钟时。"后人又谓惟苏州有半夜钟，皆非也。按于邺《褒中即事》诗云③："远钟来半夜，明月入千家。"皇甫冉《秋夜宿会稽严维宅》诗云④："秋深临水月，夜半隔山钟。"此岂亦苏州诗耶？恐唐时僧寺，自有夜半钟也。京都街鼓今尚废⑤，后生读唐诗文及街鼓者，往往茫然不能知，况僧寺夜半钟乎？

（《老学庵笔记》）

## 注释

①　张继：字懿孙，生卒年不详，湖北襄州（今湖北襄阳）人。唐代诗人，生平事迹不详，约公元753年前后在世，与刘长卿为同时代人。其诗爽朗激越，不事雕琢，比兴幽深，事理双切，对后世颇有影响。可惜流传下来的不到50首，最著名的诗是《枫桥夜泊》。

②　欧阳公：欧阳修（1007—1072），字永叔，号醉翁、六一居士，吉州永丰（今江西省吉安市永丰县）人，北宋政治家、文学家，卒谥文忠，世称欧阳文忠公。欧阳修是在宋代文学史

世味年来薄似纱，谁令骑马客京华。

小楼一夜听春雨，深巷明朝卖杏花。

矮纸斜行闲作草，晴窗细乳戏分茶。

素衣莫起风尘叹，犹及清明可到家。

陆游（宋）　临安春雨初霁

上最早开创一代文风的文坛领袖。

③ 于邺：生卒年不详，约唐懿宗咸通中前后在世。工五言诗，飘逸多感。《褒中即事》是于邺的诗作之一："风吹残雨歇，云去有烟霞。南浦足游女，绿蘋应发花。远钟当半夜，明月入千家。不作故乡梦，始知京洛赊。"

④ 皇甫冉（717—770）：字茂政，润州丹阳（江苏镇江）人，中唐著名诗人。其诗清新飘逸，多漂泊之感。《秋夜宿会稽严维宅》是皇甫冉的诗作之一："昔闻玄度宅，门向会稽峰。君住东湖下，清风继旧踪。秋深临水月，夜半隔山钟。世故多离别，良宵讵可逢。"

⑤ 街鼓：始于唐，设置在京城街道的警夜鼓。宵禁开始和终止时击鼓通报。

## 译文

张继《枫桥夜泊》诗云："姑苏城外寒山寺，夜半钟声到客船。"欧阳公嘲讽说："句子很妙，只是夜半不是打钟时，犯了常识性错误。"后人又说只有苏州这个地方有半夜钟。这些说法都是不对的。按于邺《褒中即事》诗云："远钟来半夜，明月入千家。"皇甫冉《秋夜宿会稽严维宅》诗云："秋深临水月，夜半隔山钟。"这些难道都是描写苏州地方的钟声吗？恐怕是唐代时，各地僧寺，都有夜半敲钟，不唯独苏州有。京城的街鼓如今废除了，后代文人读到唐诗提及街鼓钟声处，往往茫然不知原委，更何况是僧寺的夜半钟声呢？

## 品读

张继流传下来的作品很少，全唐诗仅收录一卷，然仅《枫桥夜泊》一首，已使其名留千古，而苏州寒山寺也因这首诗成为远近驰名的游览胜地。

"月落乌啼霜满天，江枫渔火对愁眠。姑苏城外寒山寺，夜半钟声到客船。"这首诗在中唐大历诗人作品当中，可谓上乘之作。诗的前幅布景密度很大，十四个字写了六种景象情态：月落、乌啼、霜满天、江枫、渔火和愁眠。后幅却特别疏朗，两句诗只写了一件事：卧闻山寺夜钟。这是因为，诗人在枫桥夜泊中所得到的最鲜明深刻、最具诗意美的感觉印象，是这寒山寺的夜半钟声。月落乌啼、霜天寒夜、江枫渔火、孤舟客子等景象，固然已从各方面显示出枫桥夜泊的特征，但还不足以尽传它的神韵。在暗夜中，人的听觉升居为感受外界事物景象的首位。而静夜钟声，给人的印象又特别强烈。这样，"夜半钟声"就不但衬托出了夜的静谧，而且揭示了夜的深永和清寥，而诗人卧听疏钟时的种种难以言传的感受也就尽在不言中了。

面对这么一首意境唯美的上乘佳作，欧阳修却批评它欠常识，认为夜半不是打钟时。除了陆游《老学庵笔记》记载此事，欧阳修《六一诗话》也有相近记载："诗人贪求好句，而理有不通，亦语病也。如唐人有云：'姑苏台下寒山寺，半夜钟声到客船。'说者亦云，句则佳矣，其如三更不是打钟时！"陆游专门对"夜半钟声"一事进行考证。材料中，陆游通过唐代诗人的诗作否定了两种观点，即欧阳修的"夜半不敲钟"和后人的"惟苏州敲半夜钟"。这里，陆游所论是正确的，因为唐时确有半夜打钟的习俗，可能到宋代时已经废除，欧阳修不知旧俗，所以引出误会。

　　后来的很多诗话也有对"夜半钟声"进行品评，如宋陈岩肖《庚溪诗话》云："六一居士《诗话》谓：'句则佳矣，奈半夜非鸣钟时。'然余昔官姑苏，每三鼓尽，四鼓初，即诸寺钟皆鸣，想自唐时已然也。后观于鹄诗云：'定知别后家中伴，遥听缑山半夜钟。'白乐天云：'新秋松影下，半夜钟声后。'温庭筠云：'悠然旅榜频回首，无复松窗半夜钟。'则前人言之，不独张继也。"又明胡应麟《诗薮》云："张继'夜半钟声到客船'，谈者纷纷，皆为昔人愚弄。诗流借景立言，惟在声律之调，兴象之合，区区事实，彼岂暇计？无论夜半是非，即钟声闻否，未可知也。"又刘永济《唐人绝句精华》云："此诗所写枫桥泊舟一夜之景，诗中除所见所闻外，只一'愁'字透露心情。半夜钟声，非有旅愁者未必便能听到。后人纷纷辨夜半有无钟声，殊觉可笑。"

# 六 杜牧之作《还俗僧诗》

杜牧之作《还俗僧诗》云①："云发不长寸，秋寒力更微。独寻一径叶，犹挈衲残衣。日暮千峰里，不知何日归。"此诗盖会昌寺废佛寺时所作也②。又有《斫竹诗》，亦同时作，云："寺废竹色死，官家宁尔留。霜根渐随斧，风玉尚敲秋③。江南苦吟客，何处寄悠悠。"词意凄怆，盖怜之也。至李端叔《还俗道士诗》云④："闻道华阳客，儒衣谒紫微。旧山连药卖，孤鹤带云归。柳市名犹在，桃源梦已稀。还家见鸥鸟，应愧背船飞。"此道士还俗，非不得已者，故直讥之耳。

（《老学庵笔记》）

## 注释

① 杜牧之：杜牧（803—约852），字牧之，号樊川居士，京兆万年（陕西西安）人。杜牧的诗歌以七言绝句著称，内容以咏史抒怀为主，其诗英发俊爽，多切经世之物，在晚唐成就颇高。杜牧人称"小杜"，以别于杜甫"大杜"。与李商隐并称"小李杜"。

② 会昌寺废佛寺：唐会昌五年（845），七月，武宗下诏禁毁佛教。杜牧对于这一措施是赞同的，后来他在宣宗大中年间作《杭州新造南亭子记》，详细叙述武宗禁毁佛教之事。

③ 风玉：唐代岐王宫中，于竹林内悬碎玉片子，每夜闻玉片相触之声，即知有风，号为占风铎，又名"风玉"。

④ 李端叔：李之仪（1038—1117），北宋词人，字端叔，自号姑溪居士、姑溪老农。《还俗道士诗》作者为唐代诗人李端，而非北宋词人李端叔。原诗名为《闻吉道士还俗因而有赠》。李端（约743—782），字正己，赵州（河北赵县）人，大历五年进士，师诗僧皎然。诗多为应酬之作，闺情诗亦清婉可诵。李端是大历十才子之一，在"十才子"中年辈较轻，但诗才卓越，是"才子中的才子"。有名篇《听筝》入选《唐诗三百首》。

## 译文

杜牧作《还俗僧诗》云："云发不长寸，秋寒力更微。独寻一径叶，犹挈衲残衣。日暮千峰里，不知何日归。"此诗大概是唐会昌年间灭佛寺时所作。杜牧又有《斫竹诗》，也是同一时间所作，云："寺废竹色死，官家宁尔留。霜根渐随斧，风玉尚敲秋。江南苦吟客，何处寄悠悠。"词意凄凉悲怆，表达了杜牧对僧佛的怜悯之情。后来北宋李端叔《还俗道士诗》云："闻道华阳客，儒衣谒紫微。旧山连药卖，孤鹤带云归。柳市名犹在，桃源梦已稀。还家见鸥鸟，应愧背船飞。"诗中所描写的这个道士，不忘尘世功名，自愿还俗，并非迫不得已，真是可笑。

## 品读

唐武宗会昌年间（841—846），全国范围内开展了一场声势浩大的灭佛运动，佛教史上称为"会昌法难"，俗称"会昌灭佛"。在中国古代"三武一宗"灭佛事件中，会昌灭佛是唯一的一次在全国范围内展开的大规模灭佛，因而对佛教打击最重，在历史上影响最大。据会昌五年（845）八月壬午（七日）武宗诏令天下的《毁佛寺勒僧尼还俗制》统计，共"拆寺四千六百余所，还俗僧尼二十六万五百人，收充两税户，拆招提、兰若四万余所，收膏腴上田数千万顷，收奴婢为两税户十五万人"。恰巧著名诗人杜牧在会昌四年至六年（844—846）任池州刺史，他也亲眼见证了池州地方如火如荼的灭佛运动，并用诗歌记录下来。

杜牧诗中涉及池州灭佛运动的就有好几首。如《池州废林泉寺》诗云："废寺碧溪上，颓垣倚乱峰。看栖归树鸟，犹想过山钟。石路寻僧去，此生应不逢。"这首诗描写的是一座因会昌法难而被拆毁的寺庙，流露出了一种"寺庙虽毁，禅心犹存"的思想。寺院废弃了，但它旁边的溪水仍清澈地流淌；寺墙坍塌了，但它四周的山峰依然耸立、大自然的生生不息，似乎象征了禅的精神。早些时候，杜牧曾游林泉寺，并赋诗《游池州林泉寺金碧洞》："袖拂霜林下石棱，潺湲声断满溪冰。携茶腊月游金碧，合有文章病茂陵。"诗人对于此处风光颇为流连，并与僧人交好，寺毁之后，旧地重游，面对满地狼藉，又不见旧友，心中惆怅不已。另外还有《还俗老僧》诗云："云发不长寸，秋寒力更微。独寻一径叶，犹挈衲残衣。日暮千峰里，不知何处归。"陆游《老学庵笔记》评云："此诗盖会昌寺废佛寺所作也。又有

《斫竹》诗，亦同时作，云：'寺废竹色死，官家宁尔留。霜根渐随斧，风玉尚敲秋。江南苦吟客，何处寄悠悠。'词意凄怆，盖怜之也。"《还俗老僧》一诗，塑造了一个"秋寒力更微""不知何处归"的被迫还俗、出路无着的老僧形象。《斫竹》诗，描写了废弃寺庙的衰败景象。凡此种种都寄予了作者的深切同情，可见"会昌法难"造成的巨大破坏对杜牧是有所触动的。

# 七　荆公集句或以为舛误

老杜《哀江头》云："黄昏胡骑尘满城，欲往城南忘城北。"言方皇惑避死之际①，欲往城南，乃不能记孰为南北也。然荆公集句，两篇皆作"欲往城南望城北"。或以为舛误②，或以为改定③，皆非也。盖所传本偶不同，而意则一也。北人谓向为望，谓欲往城南，乃向城北，亦皇惑避死，不能记南北之意。

（《老学庵笔记》）

## 注释

① 皇惑：惶恐而怀疑。皇，通"惶"。宋叶适《舒彦升墓志铭》："铁钱法弊，商贾顿亏折，所至皆皇惑罢市。"此句写极度悲哀中的迷惘心情。

② 舛误：错误。

③ 改定：修改订正。

## 译文

杜甫《哀江头》诗云："黄昏胡骑尘满城，欲往城南忘城北。"写的是刚刚逃离了生死大劫，在心情极度悲哀惶恐之际，想要逃往城南，竟然分不清楚哪里是南哪里是北。然而王安石的诗歌集句中，两次引用到这一句，都写作"欲往城南望城北"。有人以为他写错了，也有人以为他修改订正了杜诗。其实都不是。大概是所用杜诗版本偶有不同，然而意思是一样的。北方人说"向"，用"望"字，说想要往城南方向，竟然向（望）城北，写逃难时极度悲哀迷惘的心情，乃至分不清南北之意。

## 品读

王安石在北宋，作为一个政治家，就一直是一个毁誉交加的争议人物，甚至在他主持大政前，韩琦、苏洵、李师中、吴奎等为数不少的士大夫，就曾以不同的方式指斥过他的"奸"。尤其是深受王安石奖识的蔡京之流断送了北宋一朝后，他身后的名誉地位更是一落千丈。但是，王安石在陆游的心目当中，地位一直都很高。一方面是由于家学渊源的关系，陆游的祖父陆佃曾师从于王安石；另一方面是作为诗人的王安石，其诗歌造诣也深得陆游的敬佩。

这首先可以从陆游对王安石之诗的熟悉程度看出来。杜甫有一首《哀江头》的诗，其中有一联云："黄昏胡骑尘满城，欲往城南忘城北。""忘"字用得非常警炼，"言方皇惑避死之际，欲往城南，乃不能记孰为南北也"。陆游由此想到王安石集句中曾两次用过老杜之句，其一为《送吴显道五首》之二："欲往城南望城北，此心炯炯君应识。"其二为《胡笳十八拍十八首》之十二："欲往城南望城北，三步回头五步坐。"两处均易"忘"为"望"字，当时有人认为是王安石一时失检而造成的"舛误",但是在陆游心目中,博学洽闻的王安石真的会出现这样低级的失误吗?陆游在《老学庵笔记》卷七说:"北人谓向为望,谓欲往城南,乃向城北,亦皇惑避死,不能记南北之意。"驳斥了所谓的"舛误"说,进一步肯定了王安石的学识。

在《老学庵笔记》卷一中还有这样一段话:"杨廷秀(杨万里)在高安,有小诗云:'近红暮看失燕支,远白宵明雪色奇。花不见桃惟见李,一生不晓退之诗。'予语之曰:'此意古已道,但不如公之详耳。'廷秀愕然问:'古人谁曾道?'予曰:'荆公所谓"积李兮缟夜,崇桃兮炫昼"是也。'廷秀大喜曰:'便当增入小序中。'"陆游能随口从王安石诗中找到杨万里诗的渊源,不熟读王安石的作品是难以做到的。而杨万里"大喜",也表明他对王安石诗艺的认同感。

《老学庵笔记》卷八:"颜延年作《靖节征士诔》云:'微音远矣,谁箴予阙?'王荆公用此意作《别孙少述诗》:'子今此去何时来,后有不可谁予规?'青出于蓝者也。"同书卷十:"白乐天云:'微月初三夜,新蝉第一声。'晏元献云:'绿树新蝉第一声。'王荆公云:'去年今日青松路,忆似闻蝉第一声。'三用而愈工,信诗之无穷也。"这些材料的记载和评述,都表达了陆游对王安石之诗的赞叹。

# 八　东坡何须出处

东坡先生①《省试刑赏忠厚之至论》有云②："皋陶为士，将杀人，皋陶曰杀之三，尧曰宥之三。"梅圣俞为小试官，得之以示欧阳公。公曰："此出何书？"圣俞曰："何须出处！"公以为皆偶忘之，然亦大称叹。初欲以为魁，终以此不果。及揭榜③，见东坡姓名，始谓圣俞曰："此郎必有所据，更恨吾辈不能记耳。"及谒谢④，首问之，东坡亦对曰："何须出处。"乃与圣俞语合。公赏其豪迈，太息不已。

（《老学庵笔记》）

## 注释

① 东坡先生：苏轼（1037—1101），字子瞻，又字和仲，号铁冠道人、东坡居士，世称苏东坡、苏仙。眉州眉山（今属四川省眉山市）人，谥号"文忠"。苏轼是宋代文学最高成就的代表，并在诗、词、散文、书、画等方面取得了很高的成就。

② 省试：唐宋时由尚书省礼部主持举行的考试。又称礼部试，后称会试。唐姚合《寄杨茂卿校书》诗："到京就省试，落籍先有名。"宋赵升《朝野类要·举业》："除四川外，诸州及漕司解士，就礼部贡院锁试，名曰省试。"按照北宋的科举制度，

士人应试要先参加州府解试，取得被举资格，此后再参加礼部的省试，最后参加由皇帝亲自主持的殿试，全部过关后，就是进士及第了。

③ 揭榜：张贴考试录取名单。

④ 谒谢：晋见道谢。

## 译文

东坡先生在省试时，所写文章《刑赏忠厚之至论》说："皋陶当法官的时候，将要问罪处死犯人，皋陶说此犯人该处死的原因有三，尧帝则说宽恕此犯人的原因也有三。"梅尧臣为当时的副主考官，他把这篇文章给主考官欧阳修看。欧公问："这个典故出自何书？"梅尧臣答："何须出处！"他们都以为平时看过这个典故，只是一时之间都忘了，于是非常赞赏东坡这篇文章。刚开始的时候，还想把东坡这篇文章评为第一，最终也因为典故不知出自何处这个原因而没评上第一。等到省试揭榜，看到文章是东坡所写，欧阳修对梅尧臣说："这个学生引用的典故必有出处，可恨我们却不知道啊！"后来苏轼来晋见道谢，欧阳修才问他，东坡回答说："何须出处！"竟然与梅尧臣的回答一样。欧公因此欣赏东坡的豪迈，大声长叹不止。

## 品读

陆游的《老学庵笔记》记载宋代掌故，以知识性见长，以趣味性取胜。其中有一则写到苏东坡杜撰之事，十分精彩。宋仁宗嘉祐二年（1057），苏轼、苏辙在京城开封参加礼部主办的省试，主考官为欧阳修，副考官为梅尧臣等人，考试的题目是《刑赏忠厚之至论》。这是论述为政宽与简的命题，苏轼当场一挥而就，作了一篇短文，语言明白晓畅，文意通达，其中有一句"皋陶为士，将杀人，皋陶曰杀之三，尧曰宥之三"，见解独到深刻。当时的考官梅尧臣是诗坛祭酒，欧阳修是文坛领袖，都是学富五车之人，对于尧、舜、禹、汤更是十分熟悉，但这段"史实"却令梅尧臣与欧阳修都迷惑不解，实在想不起来这个典故出自何处。由于试卷已经糊名和另行誊录的缘故，他们也猜不准这位言之凿凿的考生是谁。及至揭榜，文章在苏轼名下，欧阳修心中有了底，他说："此郎必有所据。"然而出乎意料，苏东坡的回答是："何须出处！"欧阳修闻言一怔，但他并不生气，反而欣赏这位年轻门生出语豪迈。

关于这个故事，在杨万里的《诚斋诗话》中也有记载，并且还对欧苏问答的环节增加了有趣的情节：苏东坡的回答先绕了个弯子，他告诉欧阳修："事在《三国志·孔融传》注。"欧阳修回家查完书，并没有找到这句话的来龙去脉，仍是一头雾水。过了几天，欧公再问东坡，东坡回答："曹操以袁熙妻赐子丕。孔融曰：'昔武王以妲己赐周公。'操问：'何经见？'融曰：'以今日之事观之，意其如此。'尧、皋陶之事，某亦意其如此。"意思是："曹操灭袁绍，将袁熙（袁绍子）美貌的妻子赏赐给自己的儿子曹丕。孔融对此不满，说：'当年武王伐纣，将商纣王的宠妃妲己赏赐给了周公。'曹操忙问此事见于哪本书上。孔融说：'并无所据，只不过以今天的事情来推测古代的情况，想当然罢了。'所以，学生也是以尧帝为人的仁厚和皋陶执法的严格来推测，想当然耳。"欧阳修闻言大惊，回头感叹道："此人可谓善读书，善用书，他日文章必独步天下！"

两相比较，杨万里的细节更翔实，陆游的笔调更豪迈，将二者合为完璧更理想。北宋之后，江西诗派的诗文家格外拘谨，讲究"无一字无来处"，这就等于捆缚了想象的翅膀，创意大受桎梏。苏东坡可贵就可贵在他能够顺应事理而行文，在依例该使用典故的地方他偏不使用典故，却丝毫没有降低文章信实可征的效果。而陆游对东坡作文不求出处的做法暗含钦佩之意。正如其《杨梦锡集句杜诗序》云："文章要法，在得古作者之意。"作诗、论诗得"意"总是第一位的，精致的形式技巧也是为"意"服务的。

# 九 东坡在岭海间

东坡在岭海间<sup>①</sup>，最喜读陶渊明、柳子厚二集，谓之南迁二友。予读宋白尚书《玉津杂诗》有云<sup>②</sup>："坐卧将何物？陶诗与柳文。"则前人盖有与公暗合者矣。

（《老学庵笔记》）

### 注释

① 东坡在岭海间：指因新党执政，苏轼晚年被贬惠州（广东）、儋州（海南岛）。

② 宋白：宋白（936—1012），字太素，一作素臣，雍熙中，与李昉等同编《文苑英华》，仕终吏部尚书。

### 译文

苏东坡在被贬岭南惠州和海南岛期间，最喜欢读陶渊明和柳宗元二人的诗文集，并称之为南迁二友。我读宋初宋白尚书《玉津杂诗》云："坐卧将何物？陶诗与柳文。"说明在此之前，陶柳并举，早已经有人和东坡暗合了。

### 品读

柳宗元的文学成就主要体现在诗和文两个方面。北宋苏轼以前，人们对柳宗元的关注视野主要集中在柳的身世、政治经历以及文章方面，对其诗歌关注不多。直至文坛大家对柳诗的发现，这种状况才得以改变。苏轼晚年屡遭贬谪，初贬惠州，再贬儋州，政治处境及人生际遇均与柳宗元有颇多相似之处。苏轼对柳宗元诗文也非常喜爱，他在《答程全父推官》一文中说："流转海外，如逃深谷，既无与晤者，又书籍无所有，惟陶渊明一集、柳子厚诗文数册，常置左右，目为二友。"苏轼与柳宗元的人生经历有相通之处，在他"如逃深谷"迁谪的痛苦与寂寞中，苏轼选择了将柳诗文常置左右，希望能在柳宗元诗文上找到精神慰藉。苏轼之后，柳诗又经过黄庭坚、严羽等诗人的高度评价推崇，终于在有宋一代得到了士人的充分肯定。

东坡在贬谪岭海后，喜读陶渊明和柳宗元的文章已为人所熟知。陆游的可贵之处，在于不仅指出了这一点，更在于他还把这种发现的时间向前推进了近一百年。早在苏轼（1037—1101）还没有出生的时候，宋真宗时期的宋白（936—1012）就已经把柳宗元与陶渊明相提并论，把两者的诗文作为自己的喜爱之物了。宋白早就明确地说过："坐卧将何物？陶诗与柳文。"由此可见，在一定意义上讲，"陶柳并提"的首创之功并不是苏轼，只是由于宋白的名气太小，作品难以发现，世人才将此功归于一百年之后的苏轼罢了。

驿外断桥边，寂寞开无主。

已是黄昏独自愁，更著风和雨。

无意苦争春，一任群芳妒。

零落成泥碾作尘，只有香如故。

陆游（宋）　卜算子·咏梅

# 十 鲁直诗《题扇》

鲁直诗有《题扇》"草色青青柳色黄"一首①，唐人贾至、赵嘏诗中皆有之②，山谷盖偶书扇上耳。至诗中作"吹愁去"，嘏诗中作"吹愁却"，却字为是。盖唐人语，犹云"吹却愁"也。

（《老学庵笔记》）

## 注释

① 鲁直：黄庭坚（1045—1105），字鲁直，号山谷道人，晚号涪翁，洪州分宁（江西省九江市修水县）人，北宋著名文学家、书法家，为北宋江西诗派开山之祖，与杜甫、陈师道和陈与义素有"一祖三宗"之称。与张耒、晁补之、秦观都游学于苏轼门下，合称为"苏门四学士"。生前与苏轼齐名，世称"苏黄"。

② 贾至、赵嘏：贾至（718—772）字幼邻，中唐诗人，有诗名。赵嘏生卒年不详，字承佑，晚唐诗人，有诗名。

## 译文

黄庭坚有诗《题扇》"草色青青柳色黄"一首，唐代诗人贾至和赵嘏的诗中都有这首作品，山谷大概是偶尔题写在扇子上罢了。其中山谷诗中有一句末句写作"吹愁去"，而赵嘏诗中写作"吹愁却"，"却"字用得好（了却之意），唐代语言中"吹愁却"就是"吹却愁"的意思。

## 品读

在中国古代文学史发展的全部历程中，学习、借鉴、继承、创新，是每一位作家都必须经历而无法回避的问题。宋代文人博学多识，化用前人诗句，因革前人的成功范例不胜枚举。林逋《山园小梅》"疏影横斜水清浅，暗香浮动月黄昏"，出自南唐江为的写景残篇"竹影横斜水清浅，桂香浮动月黄昏"。二字一换，遂成千古绝调，所谓点铁成金也。

黄庭坚开创江西诗派，作风尚奇险拗强。他提出了"夺胎换骨""点铁成金"的诗歌理论。"点铁成金"说见于其《答洪驹父书》；"夺胎换骨"论为释惠洪《冷斋夜话》所录谚语，亦传于世。前者着眼于语言，后者立足于诗意，侧重点各有不同，而基本精神和核心实质却是一致的：强调在学习借鉴和继承的基础上进行创新，进行超越前人的艺术创造。

黄庭坚把诗词的点化推向巅峰。他的传世名作"几乎无一字无来历""牢笼渔猎，取诸左右""天运神化，变幻莫测"。吕本中说山谷"极风雅之变，尽比兴之体，包括众作，本以新意"（《童蒙诗训》）。"换骨法"是以自己的言词写前人的诗意，如王安石的"只向贫家促机杼，几家能有一钩丝"，黄庭坚取其诗意，写成"莫作秋虫促机杼，贫家能有几钩丝"。"夺胎法"是将前人字句略加点窜，即成自己的作品。如白居易诗"百年夜分半，一岁春无多"，黄庭坚改为"百年中去夜分半，一岁无多春再来"。"点铁成金"是将前人的诗意加以变化，以推陈出新。如王褒《僮约》诗中以"离离若缘坡之竹"形容胡须，黄庭坚改写成"王侯须若缘坡竹，哦诗清风起空谷"，进一步将哦诗时的口息比喻作空谷清风。

有人以为这是剽窃，但黄庭坚有其说法："诗意无穷，而人才有限，以有限之才，追无穷之意，虽渊明、少陵不能尽也。然不易其意而造其语，谓之换骨法。规摹其意而形容之，谓之夺胎法。"（释惠洪《冷斋夜话》）又说："古之能为文章者，真能陶冶万物，虽取古人之陈言入于翰墨，如灵丹一粒，点铁成金也。"（黄庭坚《答洪驹父书》）

是剽窃，还是借鉴，真不好说。就这首《题小景扇》而言，剽窃的嫌疑是毫无疑问的。黄庭坚《题小景扇》云："草色青青柳色黄，桃花零落杏花香。春风不解吹愁却，春日偏能惹恨长。"贾至，《全唐诗》存其诗一卷，此处出自他《春思》二首之一："草色青青柳色黄，桃花历乱李花香。东风不为吹愁去，春日偏能惹恨长。"赵碬，《全唐诗》存其诗二卷，此诗未见。这里黄庭坚的诗明显剽窃唐人诗，陆游认为他偶书扇上，有偏袒之嫌。同时，陆游也混淆了"吹愁却"三字，是黄诗语而不是赵诗语。

# 十一　澹斋居士诗序

　　《诗》首国风①，无非变者，虽周公之《豳》亦变也②。盖人之情，悲愤积于中而无言，始发为诗。不然，无诗矣。苏武、李陵、陶潜、谢灵运、杜甫、李白，激于不能自已，故其诗为百代法。国朝林逋、魏野以布衣死，梅尧臣、石延年弃不用，苏舜卿、黄庭坚以废绌死③。近时，江西名家者，例以党籍禁锢④，乃有才名，盖诗之兴本如是。绍兴间，秦丞相桧用事⑤，动以语言罪士大夫。士气抑而不伸，大抵窃寓于诗，亦多不免。若澹斋居士陈公德召者，故与秦公有学校旧，自揣必不合，因不复与相闻，退以文章自娱。诗尤中律吕，不怨不怒，而愤世疾邪之气，凛然不少回挠。其不坐此得祸亦仅脱尔。及秦氏废，始稍起，为吏部郎，为国子司业、秘书少监，遽没于官。后四十余年，有子知津为高安守，最其诗，得三卷，属某为序。某少识公于山阴，方公召还，尝以诗赠别。及公为郎时，故相汤岐公一日语公曰⑥："陆务观别君诗方传世。"非公之贤，何以发其语如此。时绍兴己卯岁也。

（《渭南文集·澹斋居士诗序》）

## 注释

①《诗》首国风：《诗经》是中国最早的一部诗歌总集，收集了西周初年至春秋中叶（前 11 世纪至前 6 世纪）的诗歌，共311 篇，反映了周初至周晚期约五百年间的社会面貌。《诗经》根据乐调的不同分为风、雅、颂三类。风是不同地区的地方音乐，《风》诗是从周南、召南、邶、鄘、卫、王、郑、齐、魏、唐、秦、陈、桧、曹、豳等十五个地区采集上来的土风歌谣，共 160 篇，大部分是民歌。

② 周公之《豳》：豳风，是《诗经》十五国风之一。豳同邠，古都邑名，在今陕西旬邑、彬县一带，是周族部落的发祥地。豳风共有诗七篇，其中多描写公刘封地——豳地的农家生活、辛勤劳作的情景，是中国最早的田园诗。

③ 废绌：同 "废黜"，罢免、革除之意。语出《汉书·王商传》："王商有刚毅节，废黜以忧死，非其罪也。"

④ 党籍禁锢：党籍，指宋元祐的党籍碑。泛指党人的名籍。陆游《送范西叔序》："没又列党籍，其门户为世挤诋讳恶者几四十年。"禁锢，谓禁止做官或参与政治活动。《史记·平准书》："议令民得买爵及赎禁锢免减罪。"《汉书·云敞传》："初，章为当世名儒，教授尤盛，弟子千余人，莽以为恶人党，皆当禁锢，不得仕宦。"

⑤ 用事：指当权执政；行事、办事。见《战国策·秦策三》："今秦，太后、穰侯用事，高陵、泾阳佐之。"

⑥ 汤岐公：汤思退（1117—1164），南宋宰相，字进之，号湘水，浙江景宁汤氏第七世祖。

## 译文

《诗经》开始有十五国风歌谣，不外乎是文学变化的原因，即使是周地的豳风，也一样。人们的情感，郁积于心中难以言说，于是就以诗的形式表达出来，不然，就不会有诗的存在。苏武、李陵、陶潜、谢灵运、杜甫、李白，激情涌动不能自已发为诗作，所以他们的诗歌为百代之法。本朝林逋、魏野以布衣终老，梅尧臣、石延年经久不被用，苏舜卿、黄庭坚因罢免而客死贬所。近代，江西诗派的著名诗人，因为是元祐党籍而被禁锢，于是文学名气更高，诗歌的兴盛本来就如此。绍兴年间，丞相秦桧当权，动辄以文字问罪士大夫，士大夫们士气抑郁得不到伸展，于是偷偷把这种情绪发泄于诗中。澹斋居士陈公德，过去曾和秦桧为同窗，他自认为不能苟合于秦桧，故而不与秦桧相交，退出仕途以文章自娱。澹斋居士的诗中律吕，不怨不怒，而愤世疾邪之气，正气凛然，刚直不屈。很庆幸他没有因为这些诗作而获罪。后来，秦桧废相，澹斋居士才被起用，官吏部郎，为国子司业、秘书少监，然而很快他就去世于宫中。四十余年后，澹斋公之子知津为高安太守，整理其父诗，得三卷，请我为序。我年少时在山阴就与澹斋公相交，当初澹斋公召还朝中，我尝以诗赠别。后来澹斋公为吏部郎时，丞相汤岐公有一天告诉澹斋说："陆游作了赠别澹斋诗，你的诗才得以传世。"其实，要不是因为澹斋贤能，汤岐公又怎么会发出这样的言论？当时是绍兴乙卯年（1135）。

## 品读

"《诗》首国风，无非变者，虽周公之《豳》亦变也。"陆游是比较早从"变"的视点来考察文学历史流程的。他认为，"变"是一种自然现象，合乎文学发展的规律，任何历史时期的优秀作家，其创作都是"不能自已"的产物，故可被后人以为模范。"盖人之情，悲愤积于中而无言，始发为诗。不然，无诗矣。"陆游认为，诗歌之所成，是创作主体内心积郁喷发的结果，诗歌是创作主体内心情感的真实反映。他先举出历代诗人如苏武、李陵、陶渊明、谢灵运、杜甫、李白等，认为这些诗人的诗歌之所以能够被后世诸人所取法，是因为他们将胸中悲愤寄托于诗歌之中且不能自已。苏武等人皆怀爱民忧国之心，然而却身陷流落异国或是报国无门的人生困境，生发出浓郁的悲愤之情。他们将这种强烈的情感表现在诗歌之中，以诗歌的方式使情感得以释放，从而丰富了诗歌的内容，也增强了诗歌的感染力，使得其诗为后世百代所取法。然后，陆游又举宋朝诗人如林逋、魏野、梅尧臣、石延年、苏舜钦、黄庭坚以及江西诗派诸位诗人，指出梅尧臣、黄庭坚这一类诗人，虽然一生心怀经纶天下之志，但是仕途不顺，报国无门，或一生沦为布衣，或被弃用，或被贬黜。这些诗人都有一个共同的特点，那就是政治生涯十分坎坷，政治抱负无法实现，故退而作诗，成就其一世诗名。政治上的失意对诗人自身来说是一种悲剧，然而正是因为政治上的悲剧，才造就了诗人在文学方面的成就，才有了诗歌的极盛一时。此处陆游借这些诗人的人生经历来进一步论证"诗从悲愤而出"的观点。

　　关于悲愤出诗人，从文艺学角度考察，可以认为这是陆游对文学创作的一种心理学阐释，包含着他自己的创作心得，可能更与他对古代文论中有关理论的学习、吸收有直接密切的关联。《礼记·乐记》中有云："凡音者，生人心者也，情动于中，故形于声，声成文，谓之音。"《毛诗序》云："情动于中而形于言。"屈原《楚辞·九章·惜诵》说："发愤以抒情。"司马迁《史记·太史公自序》认为："《诗》三百篇，大抵贤圣发愤之所为作也，此人皆意有所郁结，不得通其道也，故述往事，思来者。"所谓"意有所郁结"指作家心中情意郁积难解。司马迁遂提出"发愤著书说"，韩愈《送孟东野序》提出"不平则鸣"说，《荆潭唱和诗序》又说："和平之音淡薄，而愁思之声要妙。欢愉之辞难工，穷苦之言易好。是故文章恒发于羁旅草野。"欧阳修《梅圣俞诗集序》有"穷而后工"说……所有这些都揭示了人生不幸造成的情结郁积是文学创作发生的心理原因。陆游在《澹斋居士诗序》中谈论悲愤出诗人时，脑海中不断浮现着苏武、李陵、陶潜、谢灵运、杜甫、李白等诗人的情形，他们或羁留匈奴，或被迫降敌，或不容世俗，或失意忿忍，或沉居下僚，或终生困顿……他们都是人生的失意者，但他们创造了最美的诗歌。在此，陆游实际上强调了艺术的生命力来于作家的人生遭遇这一认识。"悲愤"是如何产生出好作品的，实际上是非常复杂的一个课题。陆游只是想提醒作家要去承担苦难、痛楚，倡导深入现实生活的精神。不过，陆游所揭示的"悲愤"只是使文学作品充满魅力的必要条件之一，而不是充分条件。因为一个作家在有了悲愤后，如果没有足够高的艺术才能，没有卓越的创作能力尤其是审美建构能力，是不可能创作出艺术精品的。

陆游经常在序中表达自己对诗的见解，这些见解往往就是对传统诗学的传承。陆游的观点也恰好符合中国文艺传统里一个流行的意见："苦痛比快乐更能产生诗歌，好诗主要是不愉快、烦恼或'穷愁'的表现和发泄。这个意见在中国古代不但是诗文理论里的常谈，而且成为写作实践里的套板。"（钱钟书《诗可以怨》）

# 十二　曾裘父诗集序

　　古之说诗曰言志①。夫得志而形于言，如皋陶②、周公③、召公④、吉甫⑤，固所谓志也。若遭变遇谗，流离困悴，自道其不得志，是亦志也。然感激悲伤，忧时闵己，托情寓物，使人读之，至于太息流涕⑥，固难矣。至于安时处顺⑦，超然事外⑧，不矜不挫⑨，不诬不怼⑩，发为文辞，冲澹简远⑪，读之者遗声利⑫，冥得丧⑬，如见东郭顺子⑭，悠然意消，岂不又难哉？如吾临川曾裘父之诗⑮，其殆庶几于是乎？予绍兴己卯、庚辰间，始识裘父于行在所⑯。自是数见其诗，所养愈深，而诗亦加工。比予来官临川，则裘父已殁。欲求其遗书，而予蒙恩召归，至今以为恨。友人赵去华彦穑寄裘父《艇斋小集》来，曰："愿序以数十语。"然裘父得意可传之作，盖不止此。遗珠弃璧⑰，识者兴叹。去华为郡博士⑱，尚能博访之，稍增编帙，计无甚难者，敢以为请。裘父讳季狸，及与建炎过江诸贤

游，尤见赏于东湖徐公。嘉定元年二月丁
酉，山阴陆某序。

（《渭南文集·曾裘父诗集序》）

## 注释

① 诗曰言志："诗言志"，最初和我国古代社会的颂神敬祖
有关。"诗言志"的较完整表述，见于《尚书·尧典》。"诗言
志"后来见于《尚书》《庄子》《荀子》等典籍，朱自清在《诗
言志辨〈序〉》中指出："就诗歌理论而言，'诗言志'是开山
的纲领"。古老的"诗言志"要求诗歌表现人的主体胸怀，抒发
诗人的情性、志向、怀抱。"诗言志"作为中国诗学的逻辑起
点，在我国诗歌理论史上有着巨大深远的影响，对我国古代诗
歌创作的引导发挥了不可替代的作用。

② 皋陶：偃姓，又作咎陶、咎繇，亦作"皋陶""皋繇"
或"皋繇"，我国古代传说中的人物。传说他是我国上古"五
帝"之首黄帝的长子少昊（玄嚣）的后裔，东夷部落的首领。
皋陶是舜帝和夏朝初期的一位贤臣，传说中生于尧帝统治的时
期，曾经被舜任命为掌管刑法的"理官"，以正直闻名天下，被
奉为中国司法鼻祖。

③ 周公：姬姓，名旦，是周文王姬昌第四子，周武王姬发
的弟弟，曾两次辅佐周武王东伐纣王，并制作礼乐。因其采邑
在周，爵为上公，故称周公。周公是西周初期杰出的政治家、
军事家、思想家、教育家，被尊为"元圣"和儒学先驱。

④ 召公：又作"邵公"，姓姬名奭，西周宗室，与周公姬
旦、武王姬发应属同辈。周灭商前，始封地在召（陕西扶风县
城东北），辅助周武王灭商后，被封于郾（河南漯河市郾城区），
周公八师东征，征服了叛乱的殷商属国和淮夷后，被封于北燕，
都城在蓟（北京），是后来燕国的始祖。因最初采邑在召，故称
召公或召伯。

⑤ 吉甫：尹吉甫，黄帝之后伯修族裔，尹国的国君，出生湖北房县，族居中原，字吉父，一作吉甫，兮氏，名甲，金文作兮甲、兮伯吉父，又名尹，称尹吉甫，字伯吉父（一作甫）。因为尹吉甫担任的是官职是内史，西周时内史又称"内史尹"或"作册尹"，简称"尹"，所以"尹"是官名。他是军事家、诗人、哲学家，也是《诗经》的主要采集者，所以又被尊称为中华诗祖。

⑥ 太息流涕：太息，指大声长叹，深深叹息。《庄子·秋水》："公子牟隐机大息，仰天而笑。"《楚辞·离骚》："长太息以掩涕兮，哀民生之多艰。"流涕，指流泪。

⑦ 安时处顺：谓安于时运，顺应变化。

⑧ 超然事外：超然，谓离尘脱俗。

⑨ 不矜不挫：不矜，谓不骄傲，不夸耀。不挫，指不失败，不气馁。

⑩ 不诬不怼：不诬，谓不妄，不假。

⑪ 冲澹简远：冲澹，指诗歌语言质朴，意境闲适恬静。

⑫ 遗声：犹余音。

⑬ 得丧：犹得失。指名利的得到与失去。

⑭ 东郭顺子：战国时魏国贤士。修道守真，清而容物，是田方子的老师。东郭为其住地，以住地为号；顺为其名，顺子是尊称。

⑮ 曾裘父：曾季狸，字裘父，号艇斋，临川（江西）人。尝举进士不第，终身不仕。今存《艇斋诗话》一卷。

⑯ 行在所：指天子所在的地方，此处指都城临安。

⑰ 遗珠弃璧：本指弃置不用的珍珠玉璧，比喻弃置不用的美好事物和优秀人才。

⑱ 郡博士：府学学官。清侯方域《重修书院碑记》："凡书院之为舍者几楹，其侵而居之者几何家……各以闻以付郡博士收而掌焉。"亦省称"郡博"。

## 译文

　　古代就有"诗言志"的说法。胸中有志向怀抱，就会用语言表现出来，就像皋陶、周公、召公、尹吉甫等人，都是胸怀大志的人，并且都有著述。至于像那些遇到变故、遭受谗言的陷害，流转离散、贫困愁苦的诗人，自述其不得志，也是"诗言志"的一种。他们的作品感奋激发、悲痛忧伤，忧念时事、哀怜自身，寄情于物、借物传情，读起来让人感动太息流涕，确实很难啊！至于那些安于时运、顺应变化，离尘脱俗、处尘世之外，不骄傲不气馁，不妄假不怨恨的诗人，他们的诗歌，意境闲适恬静、简古深远，读起来尤觉余音袅绕，忘记得失，就像遇见贤士东郭顺子，悠然自得，意难平之气尽消，难道不是更难吗？就像我的好友江西临川诗人曾裘父的诗歌，大概都是这样的诗作。我在绍兴乙卯、庚辰年间，在都城临安认识曾裘父。从此以后，常常读到他的诗，裘父的涵养越深，他的诗歌就越精巧。后来，我到临安为官，而裘父已经去世了。我正想要寻求整理他的遗著，又接到皇命召归，至今还感到很遗憾。今友人赵去华寄来裘父《艇斋小集》，希望我来写序。裘父得意可传之作，远不止这些。尚有大量弃置不录的优秀作品，有识之士为之长叹。去华为郡博士，尚且可以遍寻裘父遗作，稍增编帙，应该不会很困难。裘父讳季狸，与建炎以来南渡诸贤有交游，尤其被东湖徐公赞赏。嘉定元年二月丁酉，山阴陆游序。

## 品读

　　"诗言志"与"诗缘情"并列为中国传统诗学领域的两大命题。"诗言志"说，较早见于《尚书·尧典》。关于其含义，历来众说纷纭，莫衷一是。直到现代学者闻一多和朱自清那里才有了重大突破。陈伯海先生在此基础上进一步指出："正确地说，'志'是一种渗透着理性（主要是道德理性）或以理性为导向的情感心理。"（《释"诗言志"——兼论中国诗学"开山的纲领"》）并将文人之"志"分成两种类型，一是写"个人穷通出处"的志，还有一种是"不同于儒家的济世怀抱，而属于道家的超世情趣"的志。关于"志"和"言"之间的关系，陈伯海用公式表示为："志≠诗；志＋言＝诗。"并进而解释道："简括地说，'志'是内容，'言'是形式；'志'是'言'所要表达的中心目标，'言'是为表达'志'所凭借的手段，这大致上符合古代人们的一般观念。"

陆游在《曾裘父诗集序》开篇即提出"诗言志"这一古老的命题。何为志？陆游在序中说道："夫得志而形于言，如皋陶、周公、召公、吉甫，固所谓志也。若遭变遇谗，流离困悴，自道其不得志，是亦志也。"陆游在此处指出，"志"包括了两个方面，即人生得意和人生失意。综合来看，陆游所谓的"志"实际上是创作主体内心情感的一种表达。创作者对于"志"的表达，一种是如同皋陶、周公、召公、尹吉甫那样的人，仕途顺利，政治理想得以实现，其诗歌所表达的"志"自然是强国富民之豪情壮志。陆游所说的另一种"志"则与前一种相反。这种"志"与前面论及"内心悲愤发而为诗"的情况一致。这种情况的代表自然是前面所说的林逋、魏野、梅尧臣、石延年、苏舜钦、黄庭坚等一类诗人。这类诗人仕途坎坷，或遭党争之祸，或受谗言之害，空有一腔报国热血却无处可抛洒，且要受贬谪流离之苦。政治失意的苦闷和愤恨积郁心中，进而宛转寄托于诗歌之中，也是"诗言志"的一个情况。

在陆游看来，"诗言志"在实际的诗歌创作中又可以分为两种艺术内容，即积极的艺术内容和消极的艺术内容。消极的艺术内容，即是诗歌创作者将自身的失意之悲和流离之苦真实地表现在诗歌里，一字一句，一景一物都浸透着诗人的悲伤和激愤。欣赏此类作品，使人感同身受，以至于扼腕拍案，太息流涕。另一种艺术内容则表现的是一种超然的人生态度：以一种超然物外的精神顺应命运的起伏转折，这一类的文学作品"冲澹简远，读之者遗声利，冥得丧，如见东郭顺子，悠然意消"。从陆游的论述来看，他所推崇的诗歌便是后一种，即积极的"志"的表达，在逆境中力求超然自适。

# 十三　云安集序

　　济南治历城<sup>①</sup>，汉故县也，带泺水而表历山<sup>②</sup>，其山川杂见于《春秋》《孟子》《史记》诸书。舜之遗迹，盖至于今可考。士生其间，多通儒名卿秀杰之士<sup>③</sup>，而以笔墨驰骛相高，往往多清丽雄放警绝之词，与山川称，若今夔府连帅王公是已<sup>④</sup>。公自少时寓秘阁直<sup>⑤</sup>，晚由尚书郎长三院御史<sup>⑥</sup>，出牧于夔<sup>⑦</sup>，实督硖中十五郡。资忠厚故政令简，心乐易故民夷亲。乃因暇日，登临瞩望，徘徊太息，吊丞相之遗祠<sup>⑧</sup>，想拾遗之高风，醉墨淋漓，放肆纵横，实为一代杰作。顾夔虽号大府，而荒绝瘴疠<sup>⑨</sup>，户口寡少，曾不敌中州一下郡<sup>⑩</sup>。如某辈又以忧患留落，九死之余，才尽志衰，欲强追逐公后而不可得。向使公当承平时，为并为雍，为镇为定，尽得四方贤士大夫以为宾客，相与览其河关之势，以骋笔力，则公众作森列，岂特此而已哉？虽然，是犹未也。必极公之文，弦歌而荐郊庙<sup>⑪</sup>，典册而施朝廷<sup>⑫</sup>，然后日宜。今乃犹啸咏于荒山野水之滨，追前世放逐羁旅之士，而与之友，虽小夫下吏，或幸得之。呜呼，是可叹欤！公以乾道七年八月移牧永嘉<sup>⑬</sup>，行有日，奉节令右从政郎普慈安离衰公在郡文章若干篇，为《云安集》，且属通判州事左承议郎山阴陆某为序。十月二十六日序。

（《渭南文集·云安集序》）

## 注释

① 历城：济南历城，因处历山（千佛山）下而得名，历史悠久，文物丰盛。西汉景帝四年置历城县。

② 泺水、历山：泺水，古水名，源出今山东济南市西南，北流至泺口入古济水（此段古济水即今黄河）。历山，即千佛山，是济南三大名胜之一，古称历山，因为古史称舜在历山耕田的缘故，又曾名舜山和舜耕山。隋开皇年间（581—600），因佛教盛行，随山势雕刻了数千佛像，故称千佛山。

③ 通儒名卿秀杰：通儒，指通晓古今、学识渊博的儒者。名卿，指有声望的公卿。秀杰，亦作"秀桀"，指优异杰出之士。

④ 夔府连帅王公：夔府，夔州，今重庆奉节，历代曾为路、府、州、郡治地，是一座历史名城。王公，指王伯庠，济南历城人，曾任夔州长官。其父王次翁，为参知政事，绍兴中党附秦桧，论罢赵鼎，参与罢岳飞等三大将兵权的阴谋活动。

⑤ 秘阁：指尚书省。

⑥ 尚书郎长三院御史：尚书郎，官名。东汉始置，选拔孝廉中有才能者入尚书台，在皇帝左右处理政务，初从尚书台令

史中选拔，后从孝廉中选取。初入台称"守尚书郎中"，满一年称"尚书郎"，三年称"侍郎"。魏晋以后通称为尚书郎。御史，官名。春秋战国时期列国皆有御史，为国君亲近之职，掌文书及记事。秦设御史大夫，职副丞相，位甚尊；并以御史监郡，遂有纠察弹劾之权，盖因近臣使作耳目。汉以后，御史职衔累有变化，职责则专司纠弹，而文书记事乃归太史掌管。三院，唐制，御史台设三院：台院，置侍御史；殿院，置殿中侍御史；察院，置监察御史。宋仍佼唐制，有三院大夫。

⑦ 出牧：出任州府长官。

⑧ 丞相之遗祠：丞相祠堂位于宜宾流杯池公园东南点将台之下，为纪念三国时期蜀汉丞相诸葛亮南征云南，途径戎州（今宜宾）而建。

⑨ 瘴疠：亦作"瘴厉"，指瘴气。唐杜甫《闷》诗："瘴疠浮三蜀，风云暗百蛮。"

⑩ 中州：又名中土、中原、中国，黄河中下游河南的古称，意为国之中、华夏之中。

⑪ 弦歌、郊庙：弦歌，指依琴瑟而咏歌。

⑫ 典册：亦作"典策"，记载典章制度等的重要册籍。

⑬ 永嘉：浙江省东南部，瓯江下游北岸，温州境内。

## 译文

济南辖制历城，自西汉时就设县，历城依带泺水背靠历山，其山川地理杂见于《春秋》《孟子》《史记》诸书。历城也是舜耕种之遗迹，至今可考。历城所出之士，多为通儒名卿秀杰之士，又以文笔翰墨疾驰奔腾而相高，往往多出清丽雄放警绝的优秀作品，这与历城的山川相称，如今在夔州任将帅的王公就是其中的秀杰之士。王公自少时就任职秘阁，后来由尚书郎升迁三院御史，后又出任夔州知府，事实上是掌管硖中十五郡。王公天资品格忠诚厚道所以推行清简政令，内心性情和乐平易所以深得地方百姓爱戴。平日闲暇，登临瞩望，徘徊太息，凭吊诸葛亮丞相遗祠，遥想拾遗之高风，更醉墨淋漓，放肆纵横，所作真为一代杰作。然而夔州虽号称大府，但地处荒凉邈远而瘴疠横生，人口寡少，比不上中州一个小郡。我又因忧患而留落此地，九死之余，才尽而志衰，想要奋力追随王公之后而不可得。假使王公是在太平盛世之时，镇守夔州，又悉数邀请四方贤士大夫为宾客，相与游览当地河关之势，凭着他的驰骋笔力，那么王公诸作纷然罗列，怎么会只有现在这一些呢？现在这样，是还没有达到创作高峰的。王公之作达到顶级，定是在郊庙则可以依琴瑟而咏歌，在朝廷则奉为典章制度等重要册籍，然后才可以说好。如今王公依然啸咏于荒山野水之滨，诣慕前世放逐羁旅之士，而与他交游的，就算是小夫下吏，也是幸运的。啊，确实可叹啊！王公在乾道七年八月转到永嘉任太守，已经去了一段日子了，奉节令右从政郎普慈安，裒辑王公在郡所作文章若干篇，为《云安集》，且命通判州事左承议郎山阴陆游写序。十月二十六日序。

### 品读

关于文学的功用，中国历代有许多说法。《周易·系辞下》有"圣人之情见乎辞"，是说文学是用来表达圣人情感的载体。《礼记·乐记》："诗，言其志也"。孔子说："诗，可以兴，可以观，可以群，可以怨。迩之事父，远之事君。"曹丕《典论·论文》则把文学提到"经国之大业，不朽之盛事"的高度，认为非同小可。王安石指出，"文者，言乎志者也"（《上张太博书》）"文者，礼教治政云尔"。（《上人书》）这些都一致指向一点，文学是关系国家社稷与风俗教化的利器，文学是用来言志、抒发圣贤君子之情的，从而表达了一种十分典型的儒家文学观，其最终价值服务于儒家学说孜孜以求的建立一种和谐秩序的政治理想。

在两千多年的封建文化环境中，随着儒家学说逐步由春秋战国时期的百家学说之一所谓"孔孟之道"升格为封建时代的国家意识形态，儒家文学观依靠封建政权的庇护渐次取得并巩固了文坛权威话语的地位。在漫长的专制文化氛围中，这种政治伦理化的文学观念深入了无数读书人的意识、思维，成为挥之不去的文化情结。陆游作为一名封建士大夫，一生服膺儒家学说，无法超越时代和他的既定身份，看重文学的政治功利性，这使他的文字、诗、散文等大都带有浓郁的政治功用的意识形态性质，他的序文也明显带有这种性质。

《云安集序》是陆游为夔州知府王伯庠的文集而作。在陆游看来，士大夫的人生理想就应当像王伯庠那样："当承平时，为并为雍，为镇为定，尽得四方贤士大夫以为宾客，相与览其河关之胜，以骋笔力。"意思就是文韬武略兼备，作文务要达到"众作森列"，又多又好。他一面为王伯庠喝彩，一面又为王伯庠"乃因暇日，登临瞩望，徘徊太息，吊丞相之遗祠，想拾遗之高风"的处世、为文之法不无惋惜，认为追怀往古、沉溺山水不免浪费了文章，如果"醉墨淋漓，放肆纵横"的骄世之才只用来抒写一己之怨愤、发思古之幽情，未免太浪费了。他主张要大胆抒写大丈夫治理国家的壮志，即所谓"弦歌而荐郊庙，典册而施朝廷"，文学要服务于政治。

无论在陆游之前或之后，封建文化时代大概很少有人像他那样在文学观上拥有炽烈的政治功利性。这种功利性，现在往往被称为政治伦理观。

侧重文学的政治功利性，意味着看重文学具有的宏大叙事与抒情的特质，这势必对文学原本具有的抒写自我的功能造成挤压。当然，陆游有非常丰富的创作经验，又善于学习、思考。因而，他能够不断深化对文学功能的理解，从而在一定程度上实现了自我超越。在《周益公文集序》中，他对周必大所作散文，虽依然存有"文足以纪非常之事，明难喻之指，藻饰治具，风动天下，书黄麻之诏，镂白玉之牒，藏之金匮石室，可谓盛矣"之类的评说，但不再仅仅关注文学的政治功用问题，而是已经注意到了文学抒发个人抑郁情怀的特点，"若夫将使之阐道德之原，发天地之秘，放而及于鸟兽虫鱼草木之情，则畀之才亦必雄浑卓荦，穷幽极微，又畀以远游穷处，排摈斥疏，使之磨砻龃龉，濒于寒饿，以大发其藏，故其所赋之才，与所居之地，亦若造物有意于其间者"，揭示了文学还可以抒发"娱悲舒忧"的一己情怀。

# 十四　方德亨诗集序

诗岂易言哉？才得之天，而气者我之所自养。有才矣，气不足以御之，淫于富贵，移于贫贱①，得不偿失，荣不盖媿②，诗由此出，而欲追古人之逸驾③，讵可得哉？予自少闻莆阳有士曰方德亨④，名丰之，才甚高，而养气不挠。吕舍人居仁、何著作撰之皆屈行辈与之游⑤。德亨晚愈不遭，而气愈全，观其诗，可知其所养也。既殁若干年，待制朱公元晦⑥，以书及德亨之诗示予于山阴，曰："子为我作德亨集序。往时，有方昀者，与德亨同族，为予言：'德亨遇疾，卒于临安逆旅⑦。垂困，犹能起坐，正衣冠，手自作书，与其族人官临安者，使买棺至，乃殁，色辞不异平日。'非养气之全，能如是乎？请以是为序。"庆元六年四月丁酉，山阴陆某序。

（《渭南文集·方德亨诗集序》）

## 注释

① 淫于富贵，移于贫贱：《孟子·滕文公下》："富贵不能淫，贫贱不能移，威武不能屈，此之谓大丈夫。"淫，迷惑。移，动摇。

② 媿：后作"愧"，惭愧、羞耻之意。

③ 逸驾：奔驰的车驾，比喻才华出众。

④ 方得亨：方丰之，生卒年不详，字德亨。福建莆田人，宋绍熙间官监丰国镇。

⑤ 吕舍人居仁：吕本中（1084—1145），字居仁，世称东莱先生，安徽寿州人，诗人、词人、道学家。诗属江西诗派。

⑥ 朱公元晦：朱熹（1130—1200），字元晦，又字仲晦，号晦庵，晚称晦翁，谥文，世称朱文公。宋朝著名的理学家、思想家、哲学家、教育家、诗人，闽学派的代表人物，儒学集大成者，世尊称为朱子。朱熹是唯一非孔子亲传弟子而享祀孔庙，位列大成殿十二哲者中。

⑦ 逆旅：指客舍，旅馆。《左传·僖公二年》："今虢为不道，保于逆旅。"杜预注："逆旅，客舍也。"唐刘长卿《早春赠别赵居士还江左时长卿下第归嵩阳旧居》诗："逆旅乡梦频，春风客心醉。"

## 译文

作诗怎么能够说是一件容易的事情呢？诗人的才是源自于天分，而诗人的气是要靠后天自我培养的。只有才，而气不足，就不能很好驾驭诗歌，就会迷惑于富贵，动摇于贫贱，得不偿失，荣不盖愧，这样写出来的诗歌，想要追配才华出众的古人，怎么可能？我年少时就听说莆阳有一名士叫方得亨，名丰之，不但才华高超，而且养气不挠。连吕本中、何捣之等名家都纡尊降贵与他交游。得亨晚年遭遇愈不顺，而

其气则愈盛。读他的诗，就可以知道他注重养气。得亨去世
若干年后，朱熹带着得亨的诗文来到山阴给我看，说："你替
我给得亨诗集作序。以前，有一个叫方昀的人，与得亨是同
族亲戚，告诉我说：'得亨遭遇重疾，在临安客舍中病死。病
重时，依然可以坐起来，穿戴好衣帽，拿起笔来写字。等到
他在临安做官的同族亲戚买来棺材后，他才离世，离世时容
貌言辞和平日无异。'若非得亨平日养浩然之气，弥留之际能
像这样吗？请就此事替得亨诗集写序。"庆元六年四月丁酉，
山阴陆游序。

### 品读

"气"这一中国古代哲学、文学思想中的传统观
念，前人对其论述约为两类：一谓人的品格修养，
以孟子为代表；一谓文的创作结撰，曹丕开其端。
陆游则循着这两方面，深化了对气的认识。《孟子·
公孙丑上》所言"浩然之气"，主要指人自身的修
养、境界。陆游也颇为重视养气，自谓"平生养气
颇自许，虽老尚可吞司并"(《秋怀》)"欲尽致君事
业，先求养气工夫"(《六言杂兴》之二)。他自觉地
将"养气"作为报效国家、建功立业的重要准备，
同时又扩大气之内涵，将气由个人修养推而及于天
地万物，认为"周流惟一气，天地与人同"(《宴坐》
二首之一)，倡言"天下万事，皆当以气为主"，将
气拟指为反映世间万物自然规律的宇宙精神，这实
际上是人的精神的自然延伸，是陆游论气广的一面。
对"文以气为主"的推重，则见其论气的深入。曹
丕《典论·论文》首开此论，陆游也将之融入自己

的文学主张，"某闻文以气为主，出处无愧，气乃不挠，韩柳之不敌，世所知也"（《傅给事外制集序》）。"文章当以气为主，无怪今人不如古"（《桐江行》）他认为。前人好的诗文，是他们养气的结果。

《方德亨诗集序》中有"才得之天，而气者我之所自养"一句，其中的"气"与孟子所谓"吾善养吾浩然之气"（《孟子·公孙丑上》）大体一致，属于人的操守、修养，主要指向人格层面。孟子的"养气"之说，主要是指培养人的正义感，基本属于道德尤其是人格层面的内容，这是陆游极感兴趣的。方德亨"晚愈不遭，而气愈全"颇得陆游欣赏。陆游同样也称道傅崧卿"每言虏，言畔臣，必愤然扼腕裂眦，有不与俱生之意。士大夫稍有退缩者，辄正色责之若仇"。从傅崧卿身上，陆游得出"文以气为主，出处无愧，气乃不挠，韩柳之不敌，世所知也"的感悟。联系对此二人的肯定与赞美，看得出陆游所说的"气"，在南宋小朝廷偏安一隅、中原为金人占领且金人继续南犯，朝廷一筹莫展竟偏信投降派主张议和，爱国人士无不痛心疾首、忧心如焚的形势下，显然可以置换为"气节"，它是尊严，是人格，更是国格，代表的是一个国家的威信，关系黎民百姓的福祉。这样一来，陆游在《傅给事外制集序》中所谓"文以气为主，出处无愧，气乃不挠"是说文章要表现爱国主义精神，有民族气节。因而陆游理解的"气"也主要是指向人的政治伦理层面，带有强烈的功利主义色彩。

在陆游的心目中，一个作家有"才"是重要的、难得的，但这种"才"要得到正当的发挥却非易事，品行操守对作家至关重要，所以《方德亨诗集序》提出以"气"御"才"，表明了对于创作主体品格的关注，认为作家的人格高下直接决定文格的高下，"文如其人"。在《方德亨诗集序》中，他还指出，一个作家要养气，博学、勤学是前提，但是仅此是不够的，强调作家在此基础上还要"养气不挠"，就是要求作家不因为外部环境的改变而丢弃自己的美好品行和性情。他评价方德亨"才甚高，而养气不挠"。方德亨是南宋绍兴年间的一位名士，品德高尚，文章警绝，为吕居仁、何㮚之、朱熹等人所推重，晚年仕途"愈不遭，而气愈全"，保持了一个士人所具有的品格与道德。对此，陆游非常欣赏，发出"非养气之全，能如是乎"的感叹。

陆游关于"气"的观点，与其说是针对文学创作而提出的，倒不如说是陆游以文学创作为媒介来表达其在乱世之中的一种处世精神。陆游提倡"养气"不仅仅是为了提高文人文学创作的水平，而且对自己也对当时的文人提出了道德层面的要求。不管人生经历如何，政治理想是否实现，都应该坚守个人气节，坚守爱国情操。这种道德要求与陆游的文学创作理念是相通的。陆游所倡导的"文以气主"以及"养气"的观点，将个人气节和爱国这两个因素与文学创作紧密结合在一起，实际上是给身处南宋政治泥潭中的士人指出一条正确的道路，同时激发人们心中的爱国主义情感。作为以爱国而著名于后世的诗人，陆游一生的创作实践也大都离不开这两个主题。

# 十五　杨梦锡集句杜诗序

　　文章要法，在得古作者之意。意既深远，非用力精到，则不能造也。前辈于《左氏传》①、《太史公书》②、韩文③、杜诗④，皆熟读暗诵，虽支枕据鞍间⑤，与对卷无异。久之，乃能超然自得。今后生用力有限，掩卷而起⑥，已十亡三四，而望有得于古人，亦难矣。楚人杨梦锡，才高而深于诗，尤积勤杜诗⑦，平日涵养不离胸中，故其句法森然可喜⑧。因以暇戏集杜句⑨，梦锡之意，非为集句设也，本以成其诗耳。不然，火龙黼黻手⑩，岂补缀百家衣者邪⑪？予故为表出之，以告未深知梦锡者。嘉泰三年正月丁亥，笠泽陆某序。

　　（《渭南文集·杨梦锡集句杜诗序》）

## 注释

　　①《左氏传》：《春秋左氏传》原名《左氏春秋》，汉朝时又名《春秋左氏》《春秋内传》，汉朝以后才多称《左传》。

　　②《太史公书》：后世通称为《史记》，是西汉时期的历史学家司马迁编写的中国第一部纪传体通史。

③ 韩文：唐代散文家韩愈的文章。韩愈是唐代古文运动的倡导者，被后人尊为"唐宋八大家"之首，与柳宗元并称"韩柳"，有"文章巨公"和"百代文宗"之名。后人将其与柳宗元、欧阳修和苏轼合称"千古文章四大家"。他提出的"文道合一""气盛言宜""务去陈言""文从字顺"等散文的写作理论，对后人很有指导意义。

④ 杜诗：唐代诗人杜甫的诗歌。

⑤ 支枕据鞍：支枕，将枕头竖起倚靠，此处指在家中。据鞍，跨着马鞍，行军作战，此处指出门在外。

⑥ 掩卷：合上书本。

⑦ 积勤：积劳，积功，长久勤劬。唐韩愈《祭马仆射文》："惟公积勤，以疾以忧。及其归时，当谢之秋。"

⑧ 森然：众多貌，盛貌。

⑨ 集句：谓辑前人诗句以成篇什。

⑩ 火龙黼黻：语出《左传·桓公二年》："火龙黼黻，昭其文也。"原指火形和龙形的文彩，比喻作文只知雕章琢句，犹如补缀百家之衣。

⑪ 补缀百家衣：百家衣，旧俗为使婴儿长寿向各家乞取零碎布缝成的衣，亦指多补缀的衣。文学中比喻集句诗及拼凑而成的文章。宋黄庭坚《戏赠元翁》诗："传语风流三语掾，何时缀我百家衣？"陆游《次韵和杨伯子主簿见赠》："文章最忌百家衣，火龙黼黻世不知。"金王若虚《滹南诗话》卷中："山谷最不爱集句，目为百家衣，且曰正堪一笑。"

## 译文

写好诗文的首要法则，就是要深得古人的意蕴。古人诗文意蕴既深且远，不使出全神贯注的精力研读，是达不到古人的意蕴的。前辈们学习《左氏传》《太史公书》、韩文、杜诗，个个都熟读暗诵，平时不管是在家里还是出门在外，都开卷有益，久而久之，自然能深得古意，超然自得。现在的年轻后辈，在读书上却不愿用力，也不善思考，读过的书合上书本后，就大概忘了十之三四，这样的读书方法想要深得古意，恐怕很难。楚人杨梦锡，才华很高，而且对诗歌研究深入，尤其长久勤劬于杜诗研究，杜诗时时滋润养育着他的内心，所以梦锡的诗歌句法多变、茂盛可喜。于是闲暇时也戏集杜诗，梦锡的本意，不是做无聊的辑前人诗句以成篇什，而是想要深得杜诗的意蕴以成自己的诗篇。如果不是这样的话，那么，这样集句而成的诗歌岂不是只知雕章琢句，犹如补缀百家之衣？我因此专门写下这篇文章，告诉那些没有真正了解梦锡的人。嘉泰三年正月丁亥，笠泽陆游序。

### 品读

陆游所谓的"用力精到"实际上包含了两个方面，一方面是讲文人的勤奋程度，另一方面是说文人"精益求精"的治学态度。陆游是一位高产诗人，他的文学创作成就正是在不懈地进行创作实践，不断地积累和提高的过程中实现的。因此，陆游十分重视勤奋的品质和精益求精的态度，认为只有勤于学习，勤于实践，不断进步，精益求精，才能在文学创作方面有所成就。

《杨梦锡集句杜诗序》是陆游为杨梦锡《集句杜诗》所作。文章明确提出，要想使文章意旨深远，就必须做到"用力精到"。陆游认为，文章写作的关键所在，就是能否"得古作者之意"。文人若想做到这关键的一点，想要提高自己的创作水平，就要做到勤奋好学。陆游将前辈文人与当世后生的治学态度进行了对比："前辈于《左氏传》《太史公书》、韩

文、杜诗,皆熟读暗诵,虽支枕据鞍间,与对卷无
异。久之,乃能超然自得。今后生用力有限,掩卷
而起,已十亡三四,而望有得于古人,亦难矣。"前
辈文人在治学方面,既做到了勤奋,又非常踏实,
对于古人之书,前人之诗文皆能"熟读暗诵",了然
于胸,久而久之,自然受到古人思想潜移默化的影
响,也吸收了前人优秀的创作经验,诗文创作自然
精进。然而当世的后生,勤奋不足,浮躁有余。阅
读古人作品时心不在焉,对于古人的精华不能领会
其十之一二。像这样的学习态度,怎么能期望他们
在文学创作领域有所成就?此处,陆游说明了自己
对当时的一些年轻文人学习态度的不满和否定。陆
游认为,杨梦锡可以成为一代年轻文人的表率,他
不仅有作诗的才华,而且"积勤杜诗",将杜诗的精
髓涵养于心中,其诗歌自然"句法森严",可喜可赞。

# 十六 梅圣俞别集序

宛陵先生遗诗及文若干首①，实某君李兼孟达所编辑也。先生当吾宋太平最盛时，官京洛，同时多伟人巨公，而欧阳公之文②、蔡君谟之书③，与先生之诗，三者鼎立，各自名家。文如尹师鲁④，书如苏子美⑤，诗如石曼卿辈⑥，岂不足垂世哉？要非三家之比，此万世公论也。先生天资卓伟，其于诗，非待学而工，然学亦无出其右者。方落笔时，置字如大禹之铸鼎⑦，练句如后夔之作乐⑧，成篇如周公之致太平⑨，使后之能者欲学而不得，欲赞而不能，况可得而讥评去取哉！欧阳公平生常自以为不能望先生，推为诗老。王荆公自谓《虎图诗》不及先生包鼎画虎之作⑩，又赋哭先生诗，推仰尤至。晚集古句，独多取焉。苏翰林多不可古人⑪，惟次韵和陶渊明及先生二家诗而已。虽然，使本无此三公，先生何歉；有此三公，亦何以加秋毫于先生。予所以论载之者，要以见前辈识精论公，与后世妄人异耳。会李君来请予序，故书以予之。嘉泰三年正月己卯，山阴陆某序。

（《渭南文集·梅圣俞别集序》）

## 注释

① 宛陵先生：梅尧臣（1002—1060），字圣俞，世称宛陵先生，宣州宣城（安徽省宣城）人，北宋著名现实主义诗人。梅尧臣少即能诗，与苏舜钦齐名，时号"苏梅"，又与欧阳修并称"欧梅"。为诗主张写实，反对西昆体，所作力求平淡、含蓄，被誉为宋诗的"开山祖师"。

② 欧阳公：欧阳修（1007—1072），字永叔，号醉翁、六一居士，吉州永丰（今江西省吉安市永丰县）人，北宋政治家、文学家，卒谥文忠，世称欧阳文忠公。欧阳修是在宋代文学史上最早开创一代文风的文坛领袖，在变革文风的同时，也对诗风、词风进行了革新。

③ 蔡君谟：蔡襄（1012—1067），字君谟，兴化军仙游县（今福建省枫亭镇青泽亭）人。北宋著名书法家、政治家、茶学家。蔡襄工于书法，诗文清妙，其书法浑厚端庄，淳淡婉美，自成一体，为"宋四家"之一。

④ 尹师鲁：尹洙（1001—1047），字师鲁，洛阳（河南洛阳市）人，北宋散文家，世称河南先生。

⑤ 苏子美：苏舜钦（1008—1048），字子美，北宋诗人，时人常将他与欧阳修并称"欧苏"，或与宋诗"开山祖师"梅尧臣合称"苏梅"。

⑥ 石曼卿：石延年（994—1041），北宋文学家、书法家。字曼卿，一字安仁，宋城（今河南商丘）人。北宋文学家石介以石延年之诗、欧阳修之文、杜默之歌称为"三豪"。石曼卿尤工诗，善书法，著有《石曼卿诗集》传世。

半夜歌風開露井一枝于
篳掖春以
頤香館臨宋人紈扇本
白雲外史壽平

莫笑农家腊酒浑，丰年留客足鸡豚。

山重水复疑无路，柳暗花明又一村。

箫鼓追随春社近，衣冠简朴古风存。

从今若许闲乘月，拄杖无时夜叩门。

陆游（宋）　游山西村

⑦ 大禹之铸鼎：禹铸九鼎来源于神话传说。夏朝建立之后，九州稳定，四海升平，赋税既定，万国遵从，百姓有九年的储备，国家有三十年的积蓄，朝廷和百姓都日益富庶。夏禹四岁，施黯请示道："现在九州所贡之金年年积多，作何用处呢？"于是夏禹效仿从前黄帝轩辕氏铸鼎，打算铸九鼎，鼎成仙去。

⑧ 后夔之作乐：夔相传为尧（一说舜）时乐官，仅有一足。孔子答鲁哀公问，则说"足"是足够之意，指有夔一人，就足够制乐了。以后多从此说。见《韩非子·外储说左下》《吕氏春秋·察传》。后因以"一夔"指能独当一面的专门人才，或指一人虽多缺点，仍有专长。

⑨ 周公之致太平：周公辅相成王，制礼作乐，化致太平。

⑩ 王荆公：王安石（1021—1086），字介甫，号半山，谥文，封荆国公。世人又称王荆公。汉族，抚州临川人，北宋著名政治家、思想家、文学家、改革家，唐宋八大家之一。

⑪ 苏翰林：即苏轼。

## 译文

宛陵先生遗诗及文若干首，实为李孟达所编辑。先生在我大宋太平盛世之时，为京官，当时京中聚集众多伟人巨公，欧阳公的散文、蔡君谟的书法，与先生的诗歌，三者鼎立，各自名家。当时，散文上有盛名的尹师鲁，书法上有盛名的苏子美，诗歌上有盛名的石曼卿等人，难道他们还不足以名垂于世吗？然而他们三个的盛名都比不上先生的盛名，这是历代公论。先生天资卓伟，其诗歌不是依靠才学而工致，然而先生的才学也没有人能够出其右。先生下笔时，所写之字如大禹铸鼎，所练之句如后夔作乐，所成之篇如周公作《周礼》致太平。这些都使得后来有才能的人想学也学不到，想要赞美也无法赞美完，更加没有能力讥评先生大作。欧阳公认为自己不能够和先生看齐，推尊先生为诗老。王荆公自认为其《虎图诗》也比不上先生的包鼎画虎之作，又作赋痛哭于先生诗作之前，对先生的诗作景仰推崇到极点，晚年集古句作诗，于先生诗歌中集句最多。苏翰林向来不推崇古人，唯独次韵和陶渊明及先生二人诗而已。就算如此，假如没有前面数位名公的评价，先生的名声也不会有所减弱，而有了这些名公的评价，对先生的名声也不会有所增益。我录下这些前辈的独到见识和精论，是想让人们知道，这是与后世的狂妄之徒的妄议不同的。适逢李君来请我写序，故此我详细写在序中。嘉泰三年正月己卯，山阴陆游序。

### 品读

梅启宋调。梅尧臣一生专力于诗，追求一种超越雕润绮丽的平淡老成风格，其诗后世称为宛陵体，南宋末诗家刘克庄将其誉为宋诗的"开山祖师"（《后村诗话》）。对本朝诗人，陆游最钦佩的就是梅尧臣。梅诗对陆游的启发深远，南宋陈振孙云："圣俞为诗，古澹深远，有盛名于一时。近世少有喜者，或加毁訾。惟陆务观重之，此可为知者道也。"（《直斋书录解题》）朱东润先生说"古今诗人对陆游影响最大的应当说是梅尧臣"（《陆游研究》），并认为梅尧臣对陆诗起了决定性的作用。钱钟书先生也说陆游"于古今诗家，仿作称道最多者，偏为古质之梅宛陵"（《谈艺录》）。确实，陆诗中效仿宛陵体的诗歌很多，明言效仿者凡8题11首，时间跨度从青年一直延续到晚年。

梅诗平淡古硬的风格是当时后世学者所普遍认

同的，然而陆游却独辟蹊径，以看似离之千里的"雄浑"来概括梅诗风格。先来看看陆游评价梅诗"雄浑"的诗作。《读宛陵先生诗》："欧尹追还六籍醇，先生诗律擅雄浑。导河积石源流正，维岳崧高气象尊。玉罄潹潹非俗好，霜松郁郁有春温。向来不道无讥评，敢保诸人未及门。"此诗作于 1187 年，陆游时年 63 岁，并且从此年开始，仿效宛陵体和评论宛陵诗作的文字明显增多。"雄浑"之论，可以视为陆游晚年对梅尧臣的定评。从本诗来看，"雄浑"的第一层含义涉及的是梅尧臣的诗歌源流问题。梅尧臣是宋初诗坛最早敞开胸襟、广博接受前代大家的诗人之一，其学习前代经典的诗学观念和陆游的主张是完全一致的。深入分析，陆游之所以称梅尧臣诗律雄浑，基点在于梅与欧阳修、尹洙一道传递了诗家正脉，是对传统诗教、讽喻诗观的全面继承。故冠之以"导河积石源流正，维岳崧高气象尊"的高度评价。

　　陆游评梅诗"雄浑"的第二层含义是侧重于对梅诗诗艺的推崇上。陆游针对梅诗艺术的论述是："先生天资卓伟，其于诗，非待学而工，然学亦无出其右者。方落笔时，置字如大禹之铸鼎，练句如后夔之作乐，成篇如周公之致太平，使后之能者欲学而不得，欲赞而不能，况可得而讥评去取哉！"（《梅圣俞别集序》）由上可见，诗艺方面，陆游推崇的是梅尧臣的锻字炼句，但却非晚唐体的苦吟。梅尧臣的深厚积累、渊源广博决定了大家手笔不可能成为拈须断髭的苦吟，而是能换凡骨、开顶门，置字炼句，做到左右逢源，自出机杼，自成一家风范。陆游认为，锻字炼句，谋篇布局，最终需要达到从有法到游刃有余，也即"看似寻常最奇崛"的了然无痕的境界。"雄浑"在这里，具有了视野广大、手法多样的含义。梅尧臣论诗尚平淡，诗歌也具有这样的风格，但是并非一般意义的平淡，而是"通过了艰辛的劳动而后获得的结果"（朱东润《陆游研究》）。

# 十七 跋吴梦予诗编

山泽之气为云，降而为雨，勾者伸，秀者实，此云之见于用者也。子尝见旱岁之云乎？嵯峨突兀①，起为奇峰，足以悦人之目，而不见于用，此云之不幸也。君子之学，盖将尧舜其君民②。若乃放逐憔悴③，娱悲舒忧④，为风为骚⑤，文人之不幸也。吾友吴梦予，橐其歌诗数百篇于天下名卿贤大夫之主斯文盟者，翕然叹誉之⑥。末以示余。余愀然曰⑦："子之文，其工可悲，其不幸可吊。年益老，身益穷，后世将曰是穷人之工于歌诗者。"计吾吴君之情，亦岂乐受此名哉？余请广其志曰："穷当益坚，老当益壮，丈夫盖棺事始定。君子之学，尧舜其君民，余之所望于朋友也。娱悲舒忧，为风为骚而已，岂余之所望于朋友哉！"淳熙十五年十一月二十六日，甫里陆某书。

（《渭南文集·跋吴梦予诗编》）

## 注释

① 嵯峨突兀：嵯峨，谓山高峻貌。

② 尧舜：唐尧和虞舜的并称，远古部落联盟的首领，古史传说中的圣明君主。

③ 放逐憔悴：放逐，流放。

④ 娱悲舒忧：排遣悲伤，抒发忧思。《楚辞·九章·怀沙》："舒忧娱哀兮，限之以大故。"汉刘向《九叹·忧苦》："愿假簧以舒忧兮，志纡郁其难释。"《汉书·谷永传》："汲黯身外思内，发愤舒忧，遗言李息。"

⑤ 风骚：《诗经》和《楚辞》的合称。"风"指《诗经》里的《国风》，"骚"指屈原所作的《离骚》，它们同被视为中国诗歌发展的源流，对后世中国文学影响深远。后代用"风骚"来泛称文学，在文坛居于领袖地位或在某方面领先叫领风骚。

⑥ 翕然：谓一致貌。

⑦ 愀然：谓容色改变，忧愁貌。

## 译文

山泽的气聚在一起就形成了云，往下降落便是雨。云的形状变化不定，有的轮廓清晰，延展流动，有的秀丽充盈，这就是人们所认知的云的作用。我早年经常观察云。它高耸在天，就像一座座嵯峨高峰，足以悦人眼目。然而云却不能为人所用，这就是云的不幸。君子的学问，应该服务于国家百姓。那些被流放而形神憔悴的诗人，用诗歌来排遣悲伤，抒发忧思，这就是文学的不幸了。我的朋友吴梦予，汇集他的诗歌几百篇，交给当时文坛上的名公巨儒品评，个个都对他的作品赞誉有加。最后拿来给我看。看完后，我忧愁地说："梦予擅长诗文可悲，梦予的不幸遭遇可吊。年纪越大，境况越潦倒，后人会说穷困潦倒的人尤其擅长诗歌。"我考察梦予的内心情感，难道会乐意接受这种美名吗？我请求推广他的志愿："穷当益坚，老当益壮，大丈夫死后才能定名声。君子的学问，当服务于国家百姓。我也希望我的朋友如此看待我。排遣悲伤，抒发忧思，为风为骚，难道我仅仅希望朋友如此看待我吗？"淳熙十五年十一月二十六日，甫里陆游书。

## 品读

陆游一反流俗，将千百年来人们视为典范的《诗经》《楚辞》称为"文之不幸"，并非故作惊人之语，实因他看到这类作品皆产生于人之不幸。以云为喻，谵出的则是世事。传统士人的愿望是治国安邦，有功社稷，造福黎庶，为诗作文，是自身愿望难以实现时的表现，是不得已而为之。正如旱天之云，虽可为人所喜，而终不为世所用。风骚类诗文不唯是文之不幸，更是人之不幸，正映现出人的悲剧命运。陆游在此指出《诗经》《楚辞》类作品是迁客骚人"放逐憔悴"、流落不偶时"娱悲舒忧"的产物。诗人命途偃蹇，遭遇不幸，以诗文发抒、倾泻胸中的悲忧郁愤之气，从而产生《国风》《离骚》之类诗文，传世的诗文名作也多出于此。发为诗文，虽为人所喜，并不为世所用，与其初衷相距甚远，此是文之不幸，也正见人命运之堪悲。陆游结合自身的经历，清楚地认识到诗骚类作品实产生于人之不幸，并将之推及到诗文创作的一般规律，思想渊源上继承的是先秦以来中国士人以天下为己任的传统。

诗歌中应该表现什么，是"娱悲舒忧"还是"尧舜君民"？陆游在《跋吴梦予诗编》中作了回答。

　　文章一开始就运用比喻手法，以"降而为雨"比喻"尧舜其君民"之文，以仅"悦人之目"的云比喻"娱悲舒忧"之文。在陆游看来，士人是为国家而生，就要报效国家，"尧舜君民"，这是士人永远挥之不去的情结。士志于道，明志救道，这是士人与生俱来义不容辞的责任。因此，在文章的末尾，他奉劝吴梦予不要总是沉溺在悲苦与不幸中。用文章来抒发一己的抑郁与悲愤，并非君子所学之用。从中透露出陆游的诗歌创作功用思想是"尧舜君民"而非"娱悲舒忧"。

　　"穷当益坚，老当益壮，丈夫盖棺事始定。君子之学，尧舜其君民，余之所望于朋友也。"此语虽为安慰怀才不遇的诗友而发，但也是陆游自己的心声。唐人杜甫终生情系君主，自述其志云："致君尧舜上，再使风俗淳。"清人仇兆鳌注引应璩《与弟书》"伊尹辍耕，郅恽牧羊，思致君于唐虞，济斯民于涂炭"以及《孟子》中伊尹"使是君为尧舜之君"，甚确。儒家诗论中所谓"事君"，即为此义。陆游对杜甫十分崇敬，对杜甫的忠君爱国之心感同身受，曾说："少陵，天下士也……不胜爱君忧国之心，思少出所学佐天子，兴贞观、开元之治。"（《东屯高斋记》）又作诗称赞杜甫："看渠胸次隘宇宙，惜哉千万不一施。空回英概入笔墨，生民清庙非唐诗。向令天开太宗业，马周遇合非公谁？后世但作诗人看，使我抚几空嗟咨！"

　　从孔子所云"远之事君"，到杜诗所云"致君尧舜上"，再到陆游所云"尧舜其君民"，正是中国古典诗学中一脉相承的重要观念。

# 十八　跋渊明集

吾年十三四时，侍先少傅居城南小隐①，偶见藤床上有渊明诗②，因取读之，欣然会心③。日且暮，家人呼食，读诗方乐，至夜，卒不就食。今思之，如数日前事也。庆元二年，岁在乙卯，九月二十九日，山阴陆某务观书于三山龟堂，时年七十有一。

（《渭南文集·跋渊明集》）

## 注释

① 少傅：官名。少傅、少师、少保合称三孤，为辅导太子的宫官。《汉书·百官公卿表》："太师、太傅、太保是为三公，盖参天子，坐而议政，无不总统，故不以一职为官名。又立三少为之副，少师、少傅、少保，是为孤卿，与六卿为九焉。"此处指陆游的父亲陆宰。陆宰（1088—1148），字符钧，山阴（今浙江绍兴）人。徽宗政和中，为淮西提举常平。宣和六年（1124），为淮南东路转运判官，迁京西路转运副使，钦宗靖康元年（1126）落职。高宗绍兴元年（1131）起知临安府。十八年卒，年六十一，赠少师。事见陆游《家世旧闻》。

② 渊明：陶渊明（352或365—427），字元亮，又名潜，私谥"靖节"，世称靖节先生，浔阳柴桑（今江西省九江市）人。东晋末至南朝宋初期伟大的诗人、辞赋家。曾任江州祭酒、

建威参军、镇军参军、彭泽县令等职，最末一次出仕为彭泽县令，八十多天便弃职而去，从此归隐田园。他是中国第一位田园诗人，被称为"古今隐逸诗人之宗"。

③ 欣然会心：欣然，高兴的样子。会心，领悟，领会。南朝宋刘义庆《世说新语·言语》："简文入华林园，顾谓左右曰：'会心处不必在远，翳然林水，便自有濠濮闲想也。'"元黄溍《晓行湖上》诗："会心乍有得，抚己还成叹。"


## 译文

我十三四岁的时候，伺候先父大人隐居在临安城城南，偶然看见藤床上有一本《渊明诗集》，于是拿过来细细品读，领悟其中的诗意内心十分喜悦。从白天读到晚上，家人呼喊吃饭也不顾，沉浸在读诗的快乐中，废寝忘食。如今回想起来，就像前几天发生的事情。庆元二年，岁在乙卯，九月二十九日，山阴陆游书于三山龟堂，时年七十有一。


## 品读

"渊明文名，至宋而极。"（钱钟书《谈艺录》）"宋代是陶渊明价值得到全面体认，在中国思想史和文学史上的典范意义开始确立的时期。"（周裕锴《宋代诗学通论》）宋人喜陶，靖节天成之作是魏晋玄谈盛行社会形态下的真实存在，对于宋人而言，陶渊明浑融自然之诗成了一个飘渺的理想旨归。陆游对于陶潜，与许多大夫隐士情怀相类，彰显了对靖节隐士风范的认同。

陆游在晚年七十多岁的时候，写下了这篇《跋渊明集》，他回忆少年时代初读陶诗废寝忘食、欣然会心的情景仍历历在目。陆游在阅读接受陶诗的时候，人格熏陶方面所受的影响是比较深的。

从人格熏陶的角度来看，陆游和陶渊明的心灵共振主要集中晚年时期。"闲惟接僧话，老始爱陶诗。"（《书南堂壁二首》其二）陆游晚年退居山阴，过着和陶渊明极其相似的归隐躬耕生活。其间，陶诗成为陆游最好的精神伴侣，成为其精神生活不可或缺的组成部分。"数行褚帖临窗学，一卷陶诗傍枕开。"（《初夏野兴三首》其三）"柴荆终日无来客，赖有陶诗伴日长。"（《二月一日作》）"归舟莫恨无人语，手把陶诗侧卧看。"（《冬至初至法云》）"座铭漆园《养生主》，屏列柴桑《归去来》。"（《春晚用对酒韵》）等等，都是陆游将陶诗作为精神皈依的外在显现。特别是陆游晚年生活时常陷入衣食难继的窘困之中，陶渊明不屈权贵、乐天知命以及安贫乐道的节操是陆游困窘生活的精神支柱。如《小雨初雾》："归来偶似老渊明，消渴谁怜病长卿。"《即事》："陶令常耽酒，庞翁不出家。安贫炊麦饭，省事嚼茶芽。"《贫甚戏作绝句八首》其八："籴米归迟午未炊，家人窃闵乃翁饥。不知弄笔东窗下，正和渊明乞食诗。"《雨欲作步至浦口》："宁乞陶翁食，难餔楚客糟。"陆游青壮年时代的诗歌注重"中原北望气如山"的慷慨激昂的情感抒发，晚年诗歌逐步转向闲适村居生活的描写，但是，陆游晚年乡居闲适心灵的背后，壮怀激烈的爱国情感仍然时时涌动。陶诗所透露出的旷达纯真的人格魅力，正是陆游消解激烈爱国情感，栖泊身心的一方港口。

# 十九 跋岑嘉州诗集

　　予自少时，绝好岑嘉州诗①。往在山中，每醉归，倚胡床睡②，辄令儿曹诵之③，至酒醒或睡熟乃已。尝以为太白、子美之后，一人而已。今年自唐安别驾来摄犍为④，既画公像斋壁，又杂取世所传公遗诗八十余篇刻之，以传知诗律者，不独备此邦故事，亦平生素意也。乾道癸巳八月三日，山阴陆某务观题。

（《渭南文集·跋岑嘉州诗集》）

## 注释

　　① 岑嘉州：岑参（约715—770），唐代边塞诗人，南阳人，太宗时功臣岑文本重孙，后徙居江陵。唐代宗时，曾官嘉州刺史（四川乐山），世称"岑嘉州"。岑参工诗，长于七言歌行，代表作是《白雪歌送武判官归京》。现存诗三百多首，对边塞风光、军旅生活，以及少数民族的文化风俗有亲切的感受，故其边塞诗尤多佳作。风格与高适相近，后人多并称"高岑"。

　　② 胡床：一种可以折叠的轻便坐具。又称交床。

　　③ 儿曹：指儿辈。《史记·外戚世家褚少孙论》："是非儿曹愚人所知也。"唐韩愈《示儿》诗："诗以示儿曹，其无迷厥初。"

　　④ 犍为：县名。在四川省乐山地区。岑参曾官嘉州（四川

乐山）刺史。别驾，官名，指州刺史的佐史。因随刺史出巡时另乘传车，故称别驾。

## 译文

我从小就非常喜欢岑参的诗歌。以前我居住在山中的时候，每当喝醉回到家里，就依靠在胡床上睡，同时也命家中儿辈在旁诵读岑参的诗，直到我酒醒或熟睡后他们才停止。我认为，唐代诗人，继李白和杜甫之后，能够可圈可点的只剩下一个人，那就是岑参。今年，我在唐安任别驾，后转任到犍为，此地正好是岑参官嘉州刺史所在。于是，我在书斋墙壁上亲自画上岑公画像，又整理编刻岑公遗作八十多首，传给精通诗律的人，这样做不仅仅是完备犍为的地方掌故，也是我平生素来的意愿。乾道癸巳八月三日，山阴陆游务观题。

## 品读

陆游对岑参情有独钟，并在其序跋笔记诗文中反复致意。乾道九年（1173），陆游出知嘉州。刚刚从前线王炎幕府赍志退回后方的陆游面对昔日的嘉州刺史——也曾策马边塞并是边塞诗歌的一代作手的乡先贤——岑参，不由得肃然起敬，于是绘像刻诗，以此表达心中的尊崇仰慕之情。不难发现，陆游推崇岑参，其契合点在于边塞诗歌的题材与风格。《剑南诗稿》中诸多的边塞从军类的题材，受岑参的影响很大。如《将军行》《雪中忽起从戎之兴戏作四首》《大将出师歌》《九月十六日夜梦驻军河外，遣史招降诸城，觉而有作》《五月十一日夜且半，梦从大驾亲征，尽复汉唐故地，见城邑人物繁丽，云西凉府也。喜甚，马上作长句，未终篇而觉，乃足成之》等等，仅从诗题就可看出，从军边塞与陆游收复失地的理想紧密相关，这也说明，陆游边塞诗歌在继承前人的基础之上，融注进了深深的现实时代色彩，展示出自己鲜明的个性特点。

　　从风格上看，陆游欣赏的是岑参壮伟豪迈的诗风，他曾经在《夜读岑嘉州诗集》诗中高度赞扬："汉嘉山水邦，岑公昔所寓。公诗信豪伟，笔力追李杜。常想从军时，气无玉关路。"又在《老学庵笔记》点评："岑参在西安幕府，诗云：'那知故园月，也到铁关西。'韦应物作郡时，亦有诗云：'宁知故园月，今夕在西楼。'语意悉同，而豪迈闲澹之趣，居然自异。"诗中盛赞岑参边塞诗歌的豪伟崔嵬力追李杜，后则笔记直言欣赏岑参诗歌的豪迈。确实，岑参诗歌的气势磅礴、想象丰富、夸张奇特，对陆游的影响不小。陆游一生，策马疆场的仅仅是入幕汉中、追随王炎的短短数月时间，在此期间，他写下了不少边塞诗篇，他的诗还描写在梦境当中杀敌卫国，收拾山河。因此，他更多地将边塞题材融入到他的日常生活和他擅长的梦境描写之中，他的诗歌同样具有岑参的豪迈浪漫精神。

# 下编　词话

# 一 冯延巳 吹皱一池春水

冯延巳[①]，字正中，一名延嗣，广陵人。父令頵，事烈祖，至吏部尚书致仕。……延巳工诗，虽贵且老，不废。如"宫瓦数行晓日，龙旗百尺春风"，识者谓有元和词人气格[②]。尤喜为乐府词，元宗尝因曲宴内殿[③]，从容谓曰："'吹皱一池春水'，何干卿事？"延巳对曰："安得如陛下'小楼吹彻玉笙寒'之句"。时丧败不支，国几亡，稽首称臣于敌，奉其正朔以苟岁月，而君臣相谑乃如此。

（《南唐书》）

**注释**

① 冯延巳：冯延巳（903—960），又作冯延嗣，字正中，五代江都府（江苏省扬州市）人。五代十国时南唐著名词人，仕于南唐烈祖、中主二朝，三度入相，官终太子太傅，卒谥忠肃。他的词多写闲情逸致，文人的气息很浓，对北宋初期的词人有比较大的影响。有词集《阳春集》传世。

② 元和词人：指唐代元和诗人。元和诗人群，是指主要生活在唐德宗贞元、唐宪宗元和及唐穆宗长庆年间元和年前后的诗人群。分为三个群体：一是韩孟诗派，二是元白诗派，三是

刘禹锡、柳宗元为代表的贬谪诗人。

③ 元宗：李璟（916—961），初名景通，曾更名瑶，字伯玉。五代十国时期南唐第二位皇帝，943 年嗣位。后因受到后周威胁，削去帝号，改称国主，史称南唐中主。李璟好读书，多才艺。常与宠臣韩熙载、冯延巳等饮宴赋诗。他的词感情真挚，风格清新，语言不事雕琢，"小楼吹彻玉笙寒"是流芳千古的名句。961 年逝世，时年四十六岁，庙号元宗，谥号明道崇德文宣孝皇帝。


## 译文

冯延巳，字正中，一名延嗣，广陵人。父亲令頵，事烈祖朝，官至吏部尚书致仕……延巳工于诗，且在朝中身份尊贵，仕烈祖、中主二朝，三度入相而不废。他的诗如"宫瓦数行晓日，龙旗百尺春风"，赏识他的人赞其有元和词人气格。延巳尤其喜欢填词，有一次，元宗尝在朝中曲宴群臣，神态从容地说："'吹皱一池春水'，何干卿事？"而延巳对答曰："怎么比得上陛下'小楼吹彻玉笙寒'之句精美。"当时国家已是衰败不堪，几近灭亡，南唐俯首称臣于敌国，削去帝号，改称国主，以换取苟延残喘的岁月，君臣相互谑语乃至如此。


## 品读

"风乍起，吹皱一池春水"是冯延巳的名句，出自《谒金门》。

风乍起，吹皱一池春水。闲引鸳鸯香径里，手挼红杏蕊。斗鸭阑干独倚，碧玉搔头斜坠。终日望君君不至，举头闻鹊喜。

风乍起，吹皱了一池碧水。（我）闲来无事，在花间小径里逗引池中的鸳鸯，随手折下杏花蕊把它轻轻揉碎。独自倚靠在池边的栏杆上观看斗鸭，头上的碧玉簪斜垂下来。（我）整日思念心上人，但心上人始终不见回来，（正在愁闷时），忽然听到喜鹊的叫声。

《南唐书》因此记录了一段君臣关于"吹皱一池春水，何干卿事？"的幽默对话。李璟也是一位才华横溢的著名词人。这段诙谐的对话，说明李璟对此词赞叹之情已溢于言表。"风乍起，吹皱一池春水"是这首词的头一句，也是全词最精彩的一句。作者用一个"皱"字，将春风吹拂而过，在水面上荡漾起细微波纹，使静景成为动景，把生活中常见的景色写活了。当然，冯延巳在这里是由景入情，以景寓情，以春水被吹皱，来形容少妇的思绪荡漾。而"风乍起，吹皱一池春水"，从力学的角度来看，是一幅流动不稳定的画面。冯延巳正是用流动不稳定的物理画像，将女主人公不平静的内心世界巧妙地揭示了出来。

至于陆游评价说："（南唐）衰败不支，国几亡，稽首称臣于敌，奉其正朔以苟岁月，而君臣相谑乃如此。"他认为应该要从历史的背景来看君臣之间的对答。君臣在欢宴之际，各以彼此的词句为谈资笑料，正说明这些词句已广为时人所传诵。虎狼已至阶下，君臣犹谈诗论词，国家焉有不亡之理？陆游对此非常不满。

# 二 李煜此中日夕只以眼泪洗面

李煜归朝后[①]，郁郁不乐，见于词语。在赐第，七夕命故妓作乐，闻于外。又传"小楼昨夜又东风"。并坐之，遂被祸。龙衮《江南录》云[②]："李国主小周后[③]，随后主归朝，封郑国夫人，例随命妇入官[④]，每一入辄数日，而出必大泣，骂后主，声闻于外，后主多宛转避之。[⑤]"又韩玉汝家有李国主归朝后与金陵旧宫人书云："此中日夕，只以眼泪洗面。"

《避暑漫抄》

### 注释

① 李煜：李煜（937—978），南唐中主李璟第六子，初名从嘉，字重光，号钟隐、莲峰居士，生于金陵（今南京），祖籍彭城（今江苏徐州铜山区），南唐最后一位国君。世称南唐后主、李后主。李煜精书法、工绘画、通音律，诗文均有一定造诣，尤以词的成就最高。李煜词继承了晚唐以来温庭筠、韦庄等花间派词人的传统，又受李璟、冯延巳等的影响，语言明快、形象生动、用情真挚，风格鲜明，其亡国后词作更是题材广阔、含意深沉，在晚唐五代词中别树一帜，对后世词坛影响深远。

② 龙衮《江南录》：《江南录》为徐铉、汤悦同撰，龙衮写

的是《江南野史》,《江南野史》有时也被叫作《江南野录》,而王铚《默记》则直接简写作《江南录》。《默记》原文云:"龙衮《江南录》有一本删润稍有伦贯者云:'李国主小周后随后主归朝,封郑国夫人,例随命妇入宫。每一入辄数日而出,必大泣骂后主,声闻于外,多宛转避之'。"陆游《避暑漫抄》从之。

③ 小周后:小周后(950—978),名不详,南唐司徒周宗次女,周娥皇(大周后)之妹,李煜第二任皇后。太平兴国三年七夕,后主死于汴京,小周后不久亦与世长辞。小周后容貌美丽,神采端静,有才情,曾创作《击蒙小叶子格》一卷,是叶子戏规则的早期记录。

④ 命妇:泛称受有封号的妇女。命妇享有各种仪节上的待遇,一般多指官员的母、妻而言,俗称为"诰命夫人"。历代封建王朝妇女的封号皆从夫官爵高低而定,唐以后形成制度。

⑤ 徐铉的《江南录》和龙衮的《江南野史》均没有"小周后大骂李后主"的记载,王铚《默记》中这段文字是后人根据《江南野史》中"从谦妃哭诣李后主"的记载篡改而来。


## 译文

李后主归顺宋廷后,抑郁不欢的情绪时常在词作中流露出来。后主居住在所赐宅第(实为软禁)中,七夕日命旧宫妓奏乐唱词,此事传闻开去,又传出"小楼昨夜又东风"等句,后主也因此获罪而被赐死。龙衮《江南录》云:"李后主的皇后小周后,随同后主归顺宋廷,被封为郑国夫人,时常被诏入宫,每次入宫都好几天,小周后出宫后必定痛哭流涕大声斥骂李后主,声闻于外,而后主总是宛转避开她。"又韩玉汝家中藏有李后主归朝后写给金陵旧宫人的书贴云:"此中日夕,只以眼泪洗面。"

## 品读

"小楼昨夜又东风"出自李后主名作《虞美人》。

> 春花秋月何时了？往事知多少。小楼昨夜又东风，故国不堪回首月明中。　　雕栏玉砌应犹在，只是朱颜改。问君能有几多愁？恰似一江春水向东流。

这首词大约作于李后主归宋后的第三年，词中流露了不加掩饰的故国之思。全词以问起，以答结，由问天、问人而到自问，通过凄楚中不无激越的音调和曲折回旋、流走自如的艺术结构，使作者沛然莫御的愁思贯穿始终，形成沁人心脾的美感效应。据说这首词也是促使宋太宗下令毒死后主的原因之一，因而是李煜的绝命词。

关于李煜的死，宋李焘《续资治通鉴长编》《宋史》和明柯维骐《宋史新编》等史籍都未明说李煜被毒死之事，清毕沅在《续资治通鉴》中曾考异说："李后主之卒，它书多言赐鸩非善终。"其中，赐鸩说记载最详细具体的是宋人王铚的《默记》，后主死于牵机药之说便是来自此书。据《默记》载，李煜入宋后，宋太宗曾派徐铉拜见李煜，李煜对亡国颇有恨意，以至"相持大哭、坐默不言"，太宗闻言不悦。太平兴国三年七夕节，后主四十二岁生日，便在住所聚会后妃，作《虞美人》追思往事、怀念故国，并命南唐故妓咏唱，宋太宗听到后非常愤怒，诸罪并罚，遂赐牵机药鸩杀李煜。牵机药，据说为中药马钱子，性寒、味苦，对中枢神经系统有巨大的伤害性，李煜因酒后服药，酒助药性，引起全身性抽搐，最后头部与足部相接而死，状似牵机。

李煜归顺宋廷后的心情和常态，可以用"此中日夕，只以眼泪洗面"来形容，而其词《望江南二首》，便是这句话的最佳诠释。

> 多少恨，昨夜梦魂中，还似旧时游上苑，车如流水马如龙，花月正春风。

> 多少泪，断脸复横颐。心事莫将和泪说，凤笙休向泪时吹，肠断更无疑。

这两首词，是后主入宋以后，追恋故国之作。李煜词笔，挥洒自如，以寥寥数句，写人间大悲剧，以昔日之荣盛反托今日之凄凉。凭着他的高度艺术技巧，把重温旧梦的一腔悲恨，表露得隐而实显，浅而深致。陡然以"多少恨"领起全篇，令人惊悚。原来悲恨之源来自昨夜一梦，昔日繁华鼎盛在梦中重现，使梦醒后的李煜格外痛苦，乃至恨声不绝。当年游乐御苑，凤舆銮驾，香车宝马，随从列队，宫女如云，"车如流水马如龙"一句，袭用成语，浑然天成。第二首"多少泪，断脸复横颐"，这泪流得纵横满面，难止难歇。后主入宋后，曾给金陵旧宫人带信说："此中日夕，只以眼泪洗面。"用这首词印证，可见真实。李煜这首小词，从流泪始，到断肠终，表达了他成为俘虏后极端悲哀、沉痛的心情。

# 三　昭惠后好音时出新声

徐游①，知诲子也。初名景游，避元宗名②，去景字。……后主嗣位③，好为文章，游复以能属文见昵，封文安郡公。燕饮则流连酬咏，更相倡和，虽后妃在席，不避也。昭惠后好音④，时出新声，或得唐盛时遗曲，游辄从旁称美，有三阁狎客之风⑤。闲居讲论古今得失，后主设问，游具以所闻对。或游有疑以请，后主亦引经义或古事，称制答之。君臣相矜，至国亡不悟也。

（《南唐书》）

## 注释

① 徐游：海州人，南唐东海徐氏家族成员，生卒年不详，约 960 年前后在世。徐游家世崇贵，颇尚文学，仕南唐，以属文见称，封文安郡公。

② 元宗：南唐中主李璟，庙号元宗。

③ 后主：南唐后主李煜，南唐最后一位国君。

④ 昭惠后：大周后（936—965），名宪，小字娥皇，南唐开国老臣周宗的长女，后主李煜的第一任皇后。昭惠后是闻名天下的绝色美人，因娘家姓周而名为周后。昭惠周后，通书史，

善歌舞，尤工凤萧琵琶。唐朝盛时，霓裳舞衣曲为宫廷的最大歌舞乐章，乱离之后，绝不复传，后大周后得残谱，以琵琶奏之，于是开元天宝之余音复传于世。

⑤ 三阁狎客：三阁，指南朝陈后主所建临春、结绮、望仙三阁。后主自居临春阁，张贵妃居结绮阁，龚、孔二贵嫔居望仙阁，并复道交相往来。狎客，指陪伴权贵游乐的人。《陈书·江总传》："总当权宰，不持政务，但日与后主游宴后庭，共陈暄、孔范、王瑳等十馀人，当时谓之狎客。"此处以南朝陈后主影射南唐李后主。

## 译文

徐游，知悔子，初名景游，因避讳元宗李璟的庙号，去掉景字。……李后主继位后，喜好文章，徐游因擅长文章而被亲信重用，并封为文安郡公。平日闲暇，君臣在后宫中，宴饮酬咏，更相唱和，即使后妃在场也不避讳。昭惠后喜好音乐歌词，经常创作新词，有时还整理出盛唐遗曲，徐游则在旁大肆称美，当时南唐后宫群臣宴饮唱和风气之盛就像南朝时期陈后主三阁狎客之风一样。平日君臣谈论古今得失，后主有所问，徐游悉以所闻对答，又或徐游有所疑问，后主亦引经据典来解答。君臣之间沉溺词章文采之事，互相尊重怜爱，至国亡也不醒悟。

## 品读

关于大周后昭惠皇后，《南唐书》载："后主昭惠周后，通书史，善歌舞，尤工凤萧琵琶。唐朝盛时，霓裳舞衣曲为宫廷的最大歌舞乐章，乱离之后，绝不复传，后（大周后）得残谱，以琵琶奏之，于是开元天宝之余音复传于世。"李煜即位之后，不关

心国事，每日谱词度曲，以风流自命。曾作一首
《浣溪沙》：

> 红日已高三丈透，金炉次弟添香兽。红锦
> 地衣随步皱。
> 佳人舞点金钗溜，酒恶时拈花蕊嗅。别殿
> 遥闻箫鼓奏。

词的上片，是帝王奢华生活和耽于享乐的真实
写照。下片首句承上片而来，写作者眼中佳人舞姿，
发散钗落，"酒恶时拈花蕊嗅"一句，使一个醉酒享
乐的人物形象栩栩如生。而"红日已高三丈透"，被
称为"绝唱"。有传说，春天到来时，他将殿上的梁
栋窗壁，柱拱阶砌，都装成隔箭，密插各种花枝，
称之为"锦洞天"，令宫里的妃嫔，都绾高髻，鬓上
插满鲜花，在锦洞天内饮酒作乐。964年七月七日乞
巧夜，李煜在碧落宫内，张起八尺琉璃屏风，以红
白罗百匹，扎成月宫天河的形状。又在宫中空地上，
凿金做莲花，高约六尺，饰以各种珍宝。不多时布
置完毕，只见一座月宫，天河横亘于上，四面悬着
一色琉璃灯，照得内外通明，月宫里面，有无数歌
妓，身穿霞裾云裳扮成仙女，执乐器奏《霓裳羽衣
曲》，音韵嘹亮，悦耳怡神。周后连声称扬道："陛
下巧思真不可及！如此布置，与广寒宫一般无二，
倘被嫦娥知道，恐怕也要奔下凡间，参加这个盛会
了。"李煜含笑说："昔唐人有诗：'嫦娥应悔偷灵
药，碧海青天夜夜心。'嫦娥虽居月宫为仙，也未免

有寂寞凄凉之感，哪里比得上朕与卿，身在凡间，反可以朝欢暮乐呢！"李煜与周后开怀畅饮，直至天色已明，方才席散。

李煜与大周后二人，经常诗词唱答，填词作曲，琴瑟和合。据说有一次大周后为邀李煜共舞，当即制成两支新曲，命名为《恨来迟破》和《邀醉舞破》。如此即兴作曲，若不是具有相当深厚的音律知识和音乐禀赋，无论如何也是作不出来的。而大周后从根本上说可以称得上是音乐大家，她对中国音乐最大的贡献大概莫过于修复著名的《霓裳羽衣曲》了。《霓裳羽衣曲》本来是从西凉传入的法曲，经过唐玄宗李隆基的润色，成为规模盛大、气势宏伟的大型舞曲。杨贵妃杨玉环当年之所以能集玄宗的三千宠爱在一身，除去天生丽质，也与她最善于舞《霓裳羽衣曲》有关。可是安史之乱后，《霓裳羽衣曲》便渐渐失传了，到五代十国时只保存了残破不全的曲谱。当时一些宫廷乐人和民间乐人都曾试图修复它，均未成功。大周后和李煜二人都精通音律，他们找到残谱，共同研究，或去或补，终于恢复了这首神曲。

李煜曾经为大周后写下了很多赞美她的词，以及和她日常生活中打情骂俏的一些琐事。如《长相思》：

云一涡，玉一梭。淡淡衫儿薄薄罗。轻颦双黛螺。秋风多，雨如和。帘外芭蕉三两窠。夜长人奈何！

　　词从一个侧面较为细腻地刻画了周娥皇的秀雅神态与柔美情思。又如《一斛珠》：

　　　　晓妆初过，沉檀轻注些儿个，向人微露丁香颗，一曲清歌，暂引樱桃破。罗袖裹残殷色可，杯深旋被香醪涴。绣床斜凭娇无那，烂嚼红绒，笑向檀郎唾。

　　词从女子的梳妆、演唱到宴会、饮酒直至意态微醺、斜卧绣床，一组形神兼具、惟妙惟肖、富有生活情趣的画面逐次展开，让我们领略到大周后的妩媚多姿、浅斟低唱、执觞曼饮、自然活泼、娇态可掬以及当时的歌宴场景以及床帏之欢。清贺裳在《皱水轩词鉴》中说："吾常爱李后主《一斛珠》末句云：'绣床斜凭娇无那，烂嚼红绒，笑向檀郎唾。'"

# 四　露花倒影柳三变

张子韶对策<sup>①</sup>，有"桂子飘香"之语。赵明诚妻李氏嘲之曰<sup>②</sup>："露花倒影柳三变<sup>③</sup>，桂子飘香张九成。"

（《老学庵笔记》）

## 注释

① 张子韶：张九成（1092—1159），字子韶，绍兴二年（1132），朝廷策试进士，九成慷慨陈词，直言不讳，痛陈宋金形势，因得考官赏识，选为廷试第一，被宋高宗亲选为状元。

② 赵明诚妻李氏：赵明诚（1081—1129），字德甫（或德父），宰相赵挺之第三子，宋代著名的金石学家，著名女词人李清照之夫。李清照（1084—1155?），号易安居士，宋代著名女词人，婉约词派代表，有"千古第一才女"之称。

③ 柳三变：柳永（987—1053），字耆卿，本名三变，字景庄，后改名永。北宋著名词人，婉约派创始人物。景祐元年（1034）进士，官屯田员外郎；排行第七，世称柳七，或柳屯田。他自称"奉旨填词柳三变"，以毕生精力作词，并以"白衣卿相"自诩。其词在当时流传极其广泛，人称"凡有井水饮处，皆能歌柳词"，对宋词的发展有重大影响。

## 译文

张子韶的对策里有"桂子飘香"之语。赵明诚妻李清照嘲笑说："露花倒影柳三变，桂子飘香张九成。"

**品读**

张九成，字子韶，南宋绍兴二年状元，为官勤政廉洁，著述颇多，崇尚气节，因为在对策里用了"桂子飘香"之语，而被李清照嘲笑。那是因为在李清照看来，对策之语当用对策之语，不当用"桂子飘香"等词，不伦不类。文人相轻，古风已然，李清照嘲笑张九成之意很明显。那么，她又是否连带嘲笑柳永呢？

柳永"露花倒影柳三变"的雅号，是来自于他的一首词作《破阵乐·露花倒影》：

> 露花倒影，烟芜蘸碧，灵沼波暖。金柳摇风树树，系彩舫龙舟遥岸。千步虹桥，参差雁齿，直趋水殿。绕金堤、曼衍鱼龙戏，簇娇春罗绮，喧天丝管。霁色荣光，望中似睹，蓬莱清浅。
>
> 时见凤辇宸游，鸾觞禊饮，临翠水，开镐宴。两两轻舠飞画楫，竞夺锦标霞烂。鳌欢娱，歌《鱼藻》，徘徊宛转。别有盈盈游女，各委明珠，争收翠羽，相将归远。渐觉云海沉沉，洞天日晚。

意思是：带着露的花在水中映出了倒影，笼罩在一片淡淡雾中的青草，挨着池中的碧水。金明池的水波荡漾出淡淡的暖意。垂柳呈现出一片金黄色，

在风中摇曳，远远望去，对岸系着供皇帝乘坐的龙
舟与准备供戏游的彩船。长长的虹桥，其台阶高低
排列如雁齿般整齐，一直延伸到水殿。在柳树之堤
旁，鱼龙曼衍嬉闹。那里聚集着一群穿着娇艳米闹
春的美女，音乐声喧天。天气晴朗，花木沐浴在春
风中，光泽鲜亮，一眼望去，金明池好像唐代的蓬
莱池水一般清澈。偶然看见皇帝出游于此，举杯与
群臣共饮禊宴酒。在清莹的池水畔，开设御宴。数
叶扁舟如在画楫上游荡，夺锦橱之戏的场面，就像
彩霞般烂漫。游人尽情欢娱，歌颂《鱼藻》佳曲，
乐声婉转动听。时有轻盈女子，每个人都佩垂着明
珠，争着去抢河岸边的翠羽，渐渐走远。高远空阔
的天空渐渐昏暗起来，就像夜晚的洞天之地。

这首词用浓墨重彩、层层铺叙的笔法，描绘出
北宋仁宗时每年三月一日以后君臣士庶游赏汴京金
明池的盛况。它描写都市的繁华景象，是当时都市
风貌的艺术实录，是一幅气象开阔的社会风俗画卷，
也是柳词题材上的新开拓。

在词的音律上，李清照对柳永的评价是首肯的。
柳永精通音律，作词素以音律协调著称，当时在社
会上广泛传唱，竟至"凡有井水饮处，即能歌柳词"
（叶梦得《避暑录话》），得到了上至帝王、下至贩
夫走卒的广泛欢迎，以至于"教坊乐工每得新腔，
必求永为词，始行于世"。李清照在她的《词论》中
对柳永亦有中肯的评价："逮至本朝，礼乐文武大
备。又涵养百余年，始有柳屯田永者，变旧声，作
新声，出《乐章集》，大得声称于世。虽协音律，而
词语尘下。"虽客观地指出了他"词语尘下"的缺

点，但盛赞他"变旧声作新声"，对于词乐的发展做出了巨大的贡献，肯定他作词能"协音律"，遵循了曲子词创作的根本的艺术规律。"协音律"，是李清照《词论》中提出的核心主张，是词区别于诗的最根本的艺术特性。这个主张，不能不说是在柳永的大量艺术实践的雄厚基础上总结出来的。李清照自己的词作，可以说是实践了自己的主张。

在词的语言方面，柳词的显著特色是浅俗，李清照评为"词语尘下"，然而，她自己在实践创作中，又不自觉地受到柳永"词语尘下"的影响。例如，柳永的现成词语，曾被李词沿用。柳词有句云："酒力渐浓春思荡，鸳鸯绣被翻红浪。"（《凤栖梧》）李清照《凤凰台上忆吹箫》则有"被翻红浪"，表现词人辗转难眠的情态，虽在内涵与格调上已与柳词不同，但出于柳词当无疑义。柳永有句云："持杯谢、酒朋诗侣。"（《归去来》）李清照《永遇乐》则有"来相召，香车宝马，谢他酒朋诗侣"，因袭之迹甚明。而柳永炼词琢句的方法，也给了李清照不少的启迪，如柳词多有"惨绿愁红"（《定风波》）、"绿娇红姹"（《柳初新》）、"红衰翠减"（《八声甘州》）之句，李清照则有"绿肥红瘦"之语，虽情境有异，句法构造却带有借鉴的痕迹。

陆游《老学庵笔记》云："张子韶对策，有'桂子飘香'之语，赵明诚妻嘲之曰：'露花倒影柳三变，桂子飘香张九成。'"将两人的姓名与警句作为联语，虽为一时戏语，但可见李清照对柳词是非常熟悉的。正因为其熟悉，故作词之时，不知不觉受到柳永的影响，当是情理之中的事。

红酥手，黄縢酒，满城春色宫墙柳。东风恶，欢情薄。一怀愁绪，几年离索。错、错、错。

春如旧，人空瘦，泪痕红浥鲛绡透。桃花落，闲池阁。山盟虽在，锦书难托。莫、莫、莫！

陆游（宋）　钗头凤

# 五 俞秀老紫芝善歌讴

俞秀老紫芝<sup>①</sup>，物外高人，喜歌讴，醉则浩歌不止。故荆公赠之诗曰："鲁山眉宇人不见<sup>②</sup>，只有歌辞来向东。借问楼前蹋《于蒍》<sup>③</sup>，何如云卧唱松风<sup>④</sup>。"又云："暮年要与君携手，处处相烦作好歌。"不知者以为赋诗也。紫芝之弟清老，欲为僧，荆公名之曰紫琳，因手简目之为琳公，然清老卒未尝祝发也。

（《老学庵笔记》）

## 注释

① 俞秀老：俞紫芝（？—1086）字秀老。金华人，寓居扬州。少有高行，笃信佛教，得其心法，终身不娶不仕。王安石晚年居江宁（南京），俞紫芝与其弟俞子中（字清老）从游，颇得赏识。王安石自称晚年门下多佳客（李之仪《书俞秀老诗卷后》），俞氏二兄弟便是代表。

② 鲁山眉宇：又作紫芝眉宇，《新唐书·卓行传·元德秀》："元德秀，字紫芝，河南人。质厚少缘饰……德秀善文辞，作《蹇士赋》以自况。房琯每见德秀，叹息曰：'见紫芝眉宇，使人名利之心都尽。'"后因用"紫芝眉宇"为称颂人德行高沽之词。元德秀当鲁山县令时，县里有人因偷盗被捕，恰好当时鲁山境内有虎为暴，那人请求去缚虎来赎自己的罪，元德秀答

应了。官吏劝他说："这是那人的诡计，他想逃走，你不怕受到牵连吗？"元德秀说："人应该讲究信义。如果有什么差错，由我一人来承担好了，决不连累别人。"第二天那人背着死虎回来了，全县人都感叹不已。由于元德秀平日里把自己的俸禄都接济了县里的孤遗，到离任时，他的全部财产只是一匹细绢，坐着柴车而去。因为喜欢山水，元德秀隐居山林。平时家里没有围墙也不上锁，也没有仆人。遇到荒年，有时一天也吃不上饭。元德秀喜欢喝酒，常常弹琴来自娱。宰相房琯每看见元德秀，都感叹说："见紫芝（元德秀的字）眉宇，使人名利之心都尽。"

③《于蔿》：词《于蔿于》之省称。据《新唐书·元德秀传》记载，唐玄宗驾临东都洛阳，在五凤楼召集群臣宴饮。为了助酒兴，又传令附近三百里内的各县县令、刺史，让他们各带艺伎乐人来五凤楼聚会表演。于是有了传说，说皇帝将根据各县这次演出的优劣评定名次，给予奖赏或惩罚。许多地方官员为争取皇帝的欢心而不遗余力地前后奔忙。河内太守表现得最为出色，他用车子载了几百名艺伎来，这些美女个个衣着锦绣、满身珠翠，有的还装扮成犀牛、大象。整个表演奇丽诡异、光彩夺目。而鲁山县令元德秀恰恰相反，他只轻车简从，带了几十名民间乐工。在皇帝群臣、美酒佳肴的盛大宴会上，这些乐工联手唱了一首《于蔿于》。《于蔿于》这首歌，是县令元德秀自己作词谱曲的。玄宗听了，非常惊异，赞道："这才是贤人所说的话呀！"玄宗热情称赞了元德秀以后，又回头看看奢尽豪华的河内太守，气愤地说："你当太守，河内人民一定遭殃了吧？"皇帝罢了河内太守的官。这件事很快便传扬开了，元德秀从此声望更高。后来，"于蔿于"这一典故，用来形容地方官体恤民众，不求虚荣。

④ 云卧、松风：云卧，指高卧于云雾缭绕之中，谓隐居。南朝宋鲍照《代升天行》："凤餐委松宿，云卧恣天行。"松风，指松林之风，谓隐居。南朝宋颜延之《拜陵庙作》诗："松风遵路急，山烟冒垅生。"《南史·隐逸传下·陶弘景》："特爱松风，庭院皆植松，每闻其响，欣然为乐。"唐杜甫《玉华宫》诗：

"溪迴松风长，苍鼠窜古瓦。"

## 译文

俞秀老紫芝是方外高人，喜爱唱歌，每当饮酒后就放声歌唱，高歌不已。所以王安石赠诗云："鲁山眉宇人不见，只有歌辞来向东。借问楼前蹋《于蔿》，何如云卧唱松风。"又云："暮年要与君携手，处处相烦作好歌。"不知具体情况的人以为只是普通的赋诗。紫芝的弟弟清老想要当僧人，王安石替他取名紫琳，并手书称它为琳公，但是清老最终未曾削发为僧。

## 品读

俞紫芝的诗修洁丰整，意境高远，气质不凡。据说他的诗初时不大为人所知，后来王安石把他的诗句"有时俗事不称意，无限好山都上心"写在随身所用的扇子上，众人才称异而看重他（《苕溪渔隐丛话》前集卷三十七引《潘子真诗话》）。王安石称赞他的诗："公诗何以解人愁，初日芙蕖映碧流。为怕元刘争独步，不妨陶谢与同游。"紫芝最为著名的诗作是《咏草》：

> 满目芊芊野渡头，不知若个解忘忧？
> 细随绿水侵离馆，远带斜阳过别洲。
> 金谷园中荒映月，石头城下碧连秋。
> 行人怅望王孙去，买断金钗十二愁。

这首诗以今日之衰败反衬往日之盛况，名为

"咏草"，实则写人生，蕴含草枯可荣，人败不盛之意。

经过王安石的传播和推荐，俞紫芝不仅诗名远播，而且词名也很高。惜大都散佚，《全宋词》仅存其词三首，其中以《阮郎归》最为大家所喜爱。词云：

> 钓鱼船上谢三郎。双鬓已苍苍。蓑衣未必清贵，不肯换金章。
>
> 汀草畔，浦花旁。静鸣榔。自来好个，渔父家风，一片潇湘。

它的意思是：钓渔船上辞谢为官的三郎，双鬓早已白发苍苍。一身蓑衣虽谈不上高贵，却不愿用它换取官员的金印章。徜徉在芳草青青的河畔，沉醉于葳蕤盛开的江花旁。静静叩击船舷，曲调悠扬。历来喜爱渔父家风，眼中只有那如画的潇湘。这首词是俞紫芝自明心迹之作，表明他无心仕宦，醉心山水之乐，安贫乐道的隐居思想。

# 六　晏叔原乐府词不谓之剽可也

唐韩翃诗云①："门外碧潭春洗马，楼前红烛夜迎人。"近世晏叔原乐府词云②："门外绿杨春系马，床前红烛夜呼卢。③"气格乃过本句，不谓之剽可也。

（《老学庵笔记》）

## 注释

① 韩翃：生卒年不详，字君平，南阳（今河南南阳）人，唐代诗人。中唐"大历十才子"之一，建中年间，因作一首《寒食》而被唐德宗所赏识，晋升不断，最终官至中书舍人。韩翃的诗笔笔法轻巧，写景别致，在当时传诵很广。"门外碧潭春洗马，楼前红烛夜迎人"出自韩诗《赠李翼》。

② 晏叔原：晏几道（1038 年—1110 年），北宋著名词人。字叔原，号小山，抚州临川（江西省南昌市进贤县）人。晏殊第七子。性孤傲，中年家境中落。与其父晏殊合称"二晏"。词风似父而造诣过之。工于言情，其小令语言清丽，感情深挚，尤负盛名。表达情感直率，多写爱情生活，是婉约派的重要作家。

③ 呼卢：古时博戏，用木制骰子五枚，每枚两面，一面涂黑，画牛犊；一面涂白，画雉，一掷五子皆黑者为卢，为最胜采；五子四黑一白者为雉，是次胜采。赌博时为求胜采，往往且掷且喝，故称赌博为"喝雉呼卢"或"呼卢喝雉"，亦称"呼卢"等。唐李白《少年行》之三："呼卢百万终不惜，报仇千里

如咫尺。"

## 译文

唐韩翃诗云："门外碧潭春洗马，楼前红烛夜迎人。"近代晏叔原词云："门外绿杨春系马，床前红烛夜呼卢。"气格竟然超过本句，不能说是剽窃之举。

## 品读

### 赠李翼

王孙别舍拥朱轮，不羡空名乐此身。

门外碧潭春洗马，楼前红烛夜迎人。

李翼，不知何许人。作者称他为"王孙"，可知是皇族。"别舍"就是别墅。这位王孙不住在府第中，而住在别墅里，而这个别墅门前经常簇拥着许多达官贵人乘坐的车子。第一句七个字已勾勒出李翼是一个纨绔公子。第二句恭维他的奢侈淫佚的生活，说他是"不羡空名"，而只想使此身得到享乐。这样一说，就显得他的追求享乐是很高尚的了。第三、四句描写这位贵族公子的奢侈生活。作者选择了两个特征来描写：在这别舍的大门外，绿水潭中，驭夫都在洗刷马匹，可知他们的主人还在里面饮酒作乐，一时还不会回家。别舍里的楼前，还点着红烛迎接客人，由此可知，虽在夜晚，还有宾客前来参加宴饮。两句诗说明了一个情况：朝朝取乐，夜夜追欢。这一联是韩翃的名句，取材极好，对仗工整，从侧面表现出富贵气象，与李翼纨绔子弟的身份也极相配。

晏几道《浣溪沙》词云：

> 家近旗亭酒易酤。花时长得醉工夫。伴人歌笑懒妆梳。户外绿杨春系马，床前红烛夜呼卢。相逢还解有情无。

晏几道好用前人诗句，化用得好，便是高手。此处"户外绿杨春系马，床前红烛夜呼卢"即化用唐韩翃诗句，仅换两词"门外""楼前"为"户外""床前"。《鹧鸪天》"今宵剩把银釭照，犹恐相逢是梦中"，则隳栝杜甫诗"夜阑更秉烛，相对如梦寐"和戴叔伦诗"还作江南客，翻疑梦里逢"。晏几道的代表作《临江仙》里，多处化用前人诗句，更是达到最高水平，"落花人独立，微雨燕双飞"是化自五代诗人翁宏《春残》的诗句："又是春残也，如何出翠帷。落花人独立，微雨燕双飞，寓目魂将断，经年梦已非。那堪向愁夕，萧飒暮蝉辉。"可一提这两句，人们只会想起晏几道，很少人记得原创作者翁宏。至于《临江仙》"当时明月在，曾照彩云归"则是来自李白《宫中行乐词》："只愁歌舞散，化作彩云飞。"而《鹧鸪天》"梦魂惯得无拘检，又踏杨花过谢桥"也是张泌《寄人》诗："别梦依依到谢家，小廊回合曲阑斜。多情只有春庭月，犹为离人照落花。"的化用。冯煦在《宋六十一家词选例言》说："淮海、小山，古之伤心人也。其淡语皆有味，浅语皆有致,求之两宋,实罕其匹。"

所谓"文以气为主"(曹丕《典论·论文》),文章创作与作家气质、个性有密切关系。陆游也认为文章是人们内在个性禀赋的艺术外现,因此不同才性、经历的人能创作出不同风格的文章。韩翊诗"门外碧潭春洗马,楼前红烛夜迎人"着重点在烘托出夜深静谧的气氛,而晏叔原长短句"户外绿杨春系马,床前红烛夜呼卢"则渲染出绿杨系马、红烛点点的友人聚会的热闹场景,与韩诗相比颇显豪放之气,因此陆游赞其"气格"超过韩诗。

# 七　欧阳公长短句山色有无中

"水流天地外，山色有无中。"王维诗也①。权德舆《晚渡扬子江》诗云②："远岫有无中，片帆烟水上。"已是用维语。欧阳公长短句云："平山阑槛倚晴空，山色有无中。"诗人至是盖三用矣。然公但以此句施于平山堂为宜，初不自谓工也。东坡先生乃云："记取醉翁语，山色有无中。"则似谓欧阳公创为此句，何哉？

（《老学庵笔记》）

## 注释

①　王维（701—761，一说699—761）：河东蒲州（山西运城）人。盛唐著名诗人、画家，字摩诘，号摩诘居士。王维参禅悟理，学庄信道，精通诗、书、画、音乐等，以诗名盛于开元、天宝间，尤长五言，多咏山水田园，与孟浩然合称"王孟"，有"诗佛"之称。书画特臻其妙，后人推其为南宗山水画之祖。苏轼评价其："味摩诘之诗，诗中有画；观摩诘之画，画中有诗。""水流天地外，山色有无中。"应作"江流天地外，山色有无中。"出自王维的《汉江临眺》。原诗云："楚塞三湘接，荆门九派通。江流天地外，山色有无中。郡邑浮前浦，波澜动远空。襄阳好风日，留醉与山翁。"

②　权德舆《晚渡扬子江》：权德舆（759—818），字载之，

汉中略阳人。中唐文学家、宰相，卒谥文，后人称为权文公。权德舆仕宦显达，并以文章著称，为中唐台阁体的重要作家。其《晚渡扬子江却寄江南亲故》诗云："返照满寒流，轻舟任摇漾。支颐见千里，烟景非一状。远岫有无中，片帆风水上。天清去鸟灭，浦迥寒沙涨。树晚叠秋岚，江空翻宿浪。胸中千万虑，对此一清旷。回首碧云深，佳人不可望。"

## 译文

"水流天地外，山色有无中"是王维的诗句。权德舆《晚渡扬子江》诗云："远岫有无中，片帆烟水上"已经是用王维语。欧阳修词云："平山阑槛倚晴空，山色有无中。"这人是第三个用此语。然而欧阳文忠公用此句形容平山堂景色最为相宜，当初他也不认为用得很工整。东坡先生竟然云："记取醉翁语，山色有无中。"貌似说欧阳公为此句首创，为什么呢？

## 品读

宋代文学史上有两位名"翁"：北宋的"醉翁"欧阳修和南宋的"放翁"陆游。两位名"翁"生活的年代相距一百余年。作为后辈的陆游，对文坛前辈欧阳修十分景仰，极为尊崇，努力追随。遍阅陆游诗文著述，仅《饮酒望西山戏咏》一诗中出现"醉翁"之称："太白十诗九言酒，醉翁无诗不说山。若耶老农识几字，也与二事日相关。"考欧阳修《赠沈遵》："我时四十犹强力，自号醉翁聊戏客。"则陆游只是在"戏咏"时才称"醉翁"以与欧阳修相呼应，而在其他的场合，陆游大多用"欧阳公""欧公""文忠公"等尊称来称呼欧阳修。当然，称呼只是形式，陆游对欧阳修的景仰、尊崇、追随表现在多方面。

陆游对欧阳修的诗文作品十分熟悉，他详考名句"山色有无中"的来龙去脉，解释欧阳公但取"为宜""不自谓工"的意图，婉转批评了苏轼认为欧阳公"创为此句"的不严谨态度，明显对欧阳公作品采取了倾向不同的解读。按东坡评价欧阳公此词，最早见载于《苕溪渔隐丛话》后集卷二十三《艺苑雌黄》云："送刘贡父守维扬，作长短句云：'平山栏槛倚晴空，山色有无中。'平山堂望江左诸山甚近，或以谓永叔短视，故云'山色有无中'。东坡笑之，因赋快哉亭，道其事云：'记平山堂上，敧枕江南烟雨，杳杳没孤鸿。认取醉翁语：山色有无中。盖'山色有无中'，非烟雨不能然也。"

欧阳修《朝中措》全词云：

> 平山栏槛倚晴空，山色有无中。手种堂前垂柳，别来几度春风？　　文章太守，挥毫万字，一饮千钟。行乐直须年少，尊前看取衰翁。

此词作于宋仁宗嘉祐元年（1056）。庆历八年（1048），欧阳修任扬州（江苏扬州市）太守，在扬州城西北五里的大明寺西侧蜀岗中峰上，修建了一座"平山堂"，据说壮丽为淮南第一。堂建在高岗上，背堂远眺，可以看见江南数百里的土地，真州（今江苏仪征）、润州（今江苏镇江）和金陵（今南

京市）隐隐在目。由于堂的地势高，坐在堂中，南
望江南远山，正与堂的栏杆相平，故名"平山堂"。
每当盛夏，欧阳修常和客人一起清晨就到堂中游玩，
饮酒赏景作诗。至和元年（1054），与欧阳修过从甚
密的刘敞（字原甫）知制诰，嘉祐元年（1056）因
避亲被任命为扬州太守，欧阳修给他饯行，在告别
的宴会上，作了这首《朝中措》相送。词一发端即
带来一股突兀的气势，笼罩全篇。"平山栏槛倚晴
空"，顿然使人感到平山堂凌空矗立，其高无比。这
一句写得气势磅礴，为以下的抒情定下了疏宕豪迈
的基调。接下去一句是写凭栏远眺的情景。据宋王
象之《舆地纪胜》记载，登上平山堂，"负堂而望，
江南诸山，拱列檐下"，则山之体貌，应该是清晰
的，但词人却偏偏说是"山色有无中"。这是因为受
到王维原来诗句的限制，但从扬州而望江南，青山
隐隐，自亦可作"山色有无中"之咏。以下两句，
描写更为具体。此刻当送刘原甫出守扬州之际，词
人情不自禁地想起平山堂，想起堂前的杨柳。"手种
堂前垂柳，别来几度春风"，深情又豪放。其中"手
种"二字，看似寻常，却是感情深化的基础。词人
平山堂前种下杨柳，不到一年，便离开扬州，移任
颍州。这几年中，杨柳之枝枝叶叶都牵动着词人的
感情。杨柳本是无情物，但在中国传统诗词里，却
与人们的思绪紧密相连。何况这垂柳又是词人手种
的。可贵的是，词人虽然通过垂柳写深婉之情，但
婉而不柔，深而能畅。特别是"几度春风"四字，
更能给人以欣欣向荣、格调轩昂的感觉。过片三句

写所送之人刘原甫，与词题相应。此词云"文章太守，挥毫万字"，不仅表达了词人"心服其博"的感情，而且把刘敞的倚马之才，作了精确的概括。缀以"一饮千钟"一句，则添上一股豪气，栩栩如生地刻画了一个气度豪迈、才华横溢的文章太守的形象。词的结尾二句，先是劝人，又回过笔来写自己。饯别筵前，面对知己，一段人生感慨，不禁冲口而出。无可否认，这两句是抒发了人生易老、必须及时行乐的消极思想。但是由于豪迈之气通篇流贯，词写到这里，并不令人感到低沉，反有一股苍凉郁勃的情绪奔泻而出，涤荡人的心灵。

欧阳修此词突破了唐、五代以来男欢女爱的传统题材与极力渲染红香翠软的表现方法，为后来豪放词开了先路。此词的风格，即与苏东坡的清旷词风、陆放翁的豪迈词气十分接近。欧阳修政治逆境中达观豪迈、笑对人生的风范，也与苏东坡、陆放翁非常相似。

# 八　东坡此篇居然是星汉上语

　　昔人作七夕诗，率不免有珠栊绮疏惜别之意①。惟东坡此篇②，居然是星汉上语③。歌之，曲终，觉天风海雨逼人，学诗者当以是求之。庆元元年元日，笠泽陆某书。

　　　　　　（《渭南文集·跋东坡七夕词》）

## 注释

　　① 珠栊绮疏：用珠子装饰的窗棂，雕刻成空心花纹的窗户。此处指诗歌追逐浮艳，讲究雕琢。《文选·张协》："兰宫秘宇，雕堂绮栊。"李善注引《说文》："栊，房室之疏也。"唐李商隐《深宫》诗："金殿销香闭绮栊，玉壶传点咽铜龙。"明谢谠《四喜记·风月青楼》："柳暗雕阑，花明绮栊，婵娟共斗纤浓。"

　　② 东坡此篇：指苏轼词《菩萨蛮·七夕》。

　　③ 星汉：古称银河。曹操《观沧海》诗："日月之行，若出其中；星汉灿烂，若出其里"。

## 译文

　　过去诗人作七夕主题的诗歌，总是摆脱不了追逐浮艳、讲究雕琢、伤怀惜别的俗套。只有东坡这篇，竟然是天籁之音。听完以后，觉得有一种天风海雨逼人的豪迈壮阔之气，学诗的人应当以此为榜样。庆元元年元日，陆游书。

### 品读

陆游对苏轼词的评价是非常高的。在这里，陆游对于苏轼的七夕词给予高度评价。所谓"星汉上语"，是指东坡之词不着人间一点烟尘之气，缥缈凌空，如绰约仙子。苏轼词《鹊桥仙·七夕》中有"缑山仙子，高情云渺，不学痴牛骏女。风箫声断月明中，举手谢时人欲去。"陆游当指此而言。"觉天风海雨逼人"，这是说东坡之词，境界宏阔，不像一般人所作七夕词抒写男女情怀，有"珠拢绮疏惜别之意"。苏词中还写道"客槎曾犯，银河波浪，尚带天风海雨。相逢一醉是前缘，风雨散、飘然何处？""天风海雨"这四个字，陆游从东坡词中拈出，用来形容其词所具有的豪放之风，恰当、准确、形象、生动。由此可见出陆游对于豪放风格的推重与喜爱。

关于"东坡不能歌""所作乐府词多不协"，宋人多有记载。宋俞文豹《吹剑续录》载："东坡在玉堂，有幕士善讴，因问'我词比柳词何如？'对曰：'柳郎中词，只合十七八女孩儿，执红牙拍板，唱杨柳外晓风残月。学士词，须关西大汉执铁板，唱大江东去。'公为之绝倒。"苏轼也承认自己词作有"豪放"处，《与陈季常书》云："又惠新词，句句警拔，诗人之雄，非小词也。但豪放太过，恐造物者不容人如此快活。"当时人们对于苏轼的"以诗为词"颇多微辞。陈师道在《后山诗话》中说："子瞻以诗为词，如教坊雷大使之舞，虽极天下之工，要非本色"。李清照《词论》云："苏子瞻，学际天人，作为小歌词，直如酌蠡水于大海，然皆句读不葺之诗尔，又往往不协音律者。"他们都对苏轼"以诗为词""不谐音律"表示不满。之所以有此非议，与宋人的填词习惯密不可分。在宋代，词以演唱为主，因此宋人在填词时，首先讲究词作在韵律上是否谐调，歌唱起来是否悦耳动听，词作内容本身则未必为人所看重。苏轼反其道而行之，使得词作演唱起来拗口，听起来不那么流动顺畅，自然遭到人们的侧目，被视为"非当行本色"。

陆游则与他们不同，他不但表示认同苏轼的"不能歌"，还表现出别一种的审美要求和对作家以多种手法写词的宽容与尊重。苏轼赋予传统爱情题材以新思想，词作中反映出词人开朗乐观的人生态度。苏轼胸怀宽广，豁达大度，这在他的词作中得到了充分体现，所谓"逸怀浩气，超然乎尘垢之外"（胡寅《酒边词序》），就算是风格婉丽的爱情词也于婉约之中见旷达色彩，反映出词人开朗乐观的人生态度。故陆游谓此词全无"珠栊绮疏惜别之意"，却具备北宋婉约词所没有的"天风海雨逼人"的豪放俊迈格调。

# 九 世言东坡不能歌

世言东坡不能歌，故所作乐府词多不协。晁以道云①："绍圣初，与东坡别于汴上，东坡酒酣，自歌《古阳关》。②"则公非不能歌，但豪放，不喜剪裁以就声律耳。

（《老学庵笔记》）

## 注释

① 晁以道：晁说之（1059—1129），字以道，号景迂，宋代制墨名家，经学家。以道博通五经，尤精于《易》学，同时又是一位富有创作实绩的作家、画家，与苏轼、黄庭坚等苏门文人、江西诗派作家有着广泛的师友关系。

②《古阳关》：琴曲名，即《阳关三叠》。词牌名，又名《渭城曲》，因唐王维《送元二使安西》诗"西出阳关无故人"句而得名，单调二十八字，四句三平韵。宋秦观云："《渭城曲》绝句，近世又歌入《小秦王》，更名《阳关曲》。"苏轼有《阳关曲·中秋作》词。

## 译文

人们都说东坡不擅长歌曲，所以所作的词大都不协音律。晁以道说："绍圣初年，我和东坡在汴京饯别，东坡酒酣耳热，高歌《古阳关》曲。"那么，东坡不是不擅歌，只是性情豪放，不喜欢裁花剪叶来配合音律罢了。

**品读**

### 阳关曲·中秋作

暮云收尽溢清寒，银汉无声转玉盘。此生此夜不长好，明月明年何处看。

这首小词，题为"中秋作"，自然是写"人月圆"的喜悦，调寄《阳关曲》，则又涉及别情。记述的是作者与其胞弟苏辙久别重逢，共赏中秋月的赏心乐事，同时也抒发了聚后不久又得分手的哀伤与感慨。这首词从月色的美好写到"人月圆"的愉快，又从当年当夜推想次年中秋，归结到别情。形象集中，境界高远，语言清丽，意味深长。《阳关曲》原以王维《送元二使安西》诗为歌词，苏轼此词与王维诗平仄四声大体切合，是词家依谱填词之作。

然而，在《东坡乐府》集中，像《阳关曲·中秋作》这种依谱填词的协律之作毕竟占少数，更多的是突破传统，不受音律限制的豪放之作。苏轼之前，词创作是按谱填词，或倚声填词。词也就成为在声韵、句式、对仗、结构等方面都有着严格规范的音乐文学。词家构思创作，都严格地遵循着这一艺术要求。苏轼的创作，打破了这一僵化的形式的束缚，在当时是一场历史性革命。倡导词"别是一家"之说的李清照就批评他的词是"句读不葺之诗"。不协音律，这正是苏轼词的独特之处。而晁无咎（即晁补之）却独具慧眼，称"东坡居士词，人谓多不谐音律，然横放杰出，自是曲子中缚不住者"
一语中的，苏轼天性豪放，不拘行迹，不喜剪裁音
律，是其思想本性。他曾说自己的文章："吾文如万
斛泉源，不择地皆可出。在平地滔滔汩汩，虽一日
千里无难。及其与山石曲折，随物赋形，而不可知
也。所可知者，常行于所当行，常止于所不可不止，
如是而已矣。"词也是一样，是其情感的自然流露与
表白，因此清人总结道："词自晚唐五代以来，以清
婉绮丽为宗，至柳永一变，如诗家之有白居易。至
苏轼而又一变，如诗家之有韩愈，遂开南宋辛弃疾
等一派。"（《四库全书总目提要》）陆游在此评价东
坡曰："公非不能歌，但豪放，不喜剪裁以就声律
耳。"正是推崇其突破传统婉约词风，不受声律拘束
大胆尝试的革新精神。

# 十 鲁直在戎州作乐府

鲁直在戎州作乐府曰①:"老子平生②,江南江北,爱听临风笛③。孙郎微笑,坐来声喷霜竹④。"予在蜀见其稿。今俗本改"笛"为"曲"以协韵,非也。然亦疑"笛"字太不入韵,及居蜀久,习其语,乃知泸、戎间谓"笛"为"曲",故鲁直得借用,亦因以戏之耳。

(《老学庵笔记》)

### 注释

① 鲁直:黄庭坚 (1045—1105),字鲁直,号山谷道人,晚号涪翁,洪州分宁 (江西省九江市修水县) 人,北宋著名文学家、书法家,为北宋江西诗派开山之祖,与杜甫、陈师道和陈与义素有"一祖三宗"之称。与张耒、晁补之、秦观都游学于苏轼门下,合称为"苏门四学士"。生前与苏轼齐名,世称"苏黄"。宋哲宗绍圣年间,黄庭坚被贬涪州别驾黔州安置,后改移地处西南的戎州 (今四川宜宾) 安置。

② 老子:老年人自称,犹老夫。

③ 临风:迎风,当风。《楚辞·九歌·少司命》:"望美人兮未来,临风怳兮浩歌。"南朝宋谢庄《月赋》:"临风叹兮将焉歇,川路长兮不可越。"唐杜甫《与严二郎奉礼别》诗:"出涕同斜日,临风看去尘。"

④ 坐来、霜竹：坐来，指马上。霜竹，指笛子。

## 译文

黄鲁直在戎州填了一首词，其中有词句云："老子平生，江南江北，爱听临风笛。孙郎微笑，坐来声喷霜竹。"我在蜀中看见过他的词稿。现在黄鲁直的词稿俗本改"笛"为"曲"，目的是为了协韵，这样做是不对的。我也曾怀疑"笛"字不太入韵，到后来我居蜀地已久，才熟悉当地方言俗语，才知道泸、戎一带谓"笛"为"曲"，所以，鲁直只是借音用之，亦只不过是游戏文字罢了。

## 品读

宋哲宗绍圣年间，黄庭坚被贬涪州别驾黔州安置，后改移地处西南的戎州（今四川宜宾）安置。据任渊《山谷诗集注》附《年谱》，宋哲宗元符二年（1099）八月十七日，黄庭坚与一群青年人一起赏月、饮酒，有个朋友名叫孙彦立的，善吹笛，月光如水，笛声悠扬。于此情此境中，黄庭坚援笔写下这首《念奴娇》词。词云：

> 断虹霁雨，净秋空，山染修眉新绿。桂影扶疏，谁便道，今夕清辉不足？万里青天，姮娥何处，驾此一轮玉。寒光零乱，为谁偏照醽醁？
>
> 年少从我追游，晚凉幽径，绕张园森木。共倒金荷，家万里，难得尊前相属。老子平生，江南江北，最爱临风笛。孙郎微笑，坐来声喷霜竹。

　　陆游认为，黄庭坚此词，故意用"笛"而不用"曲"，是以方音来押韵。对这种做法，后人的评价并不高，如李调元《雨村词话》卷一云："黄山谷词多用俳语，杂以俗谚，多可笑之句。"周济《宋四家词选目录序论》云："周、柳、黄、晁，皆喜为曲中俗语，山谷尤甚。"李佳《左庵词话》卷下云："涪翁词，每好作俳语，且多以土字搀入句中，万不可学。此古人粗率处，遗误后学非浅。"他们反对将方音俗语带入词中，认为这对词体发展并无益处。陆游称黄庭坚是"因以戏之"，显然也不是非常赞同此举，但他能用一种较为通达的眼光来看待。词以地方语音入词，词作显得更为俚俗的同时，也更接近民间的"原生态"文化，具有清新自然的本色，况且黄庭坚是戏作，不应过分苛求。

# 十一　贺方回状貌奇丑

贺方回状貌奇丑①，色青黑而有英气，俗谓之贺兔头（一作"贺鬼头"）。喜校书，朱黄未尝去手②。诗文皆高，不独攻长短句也（一作"工"）。潘邠老赠方回诗云③："诗束牛腰藏旧稿，书讹马尾辨新雠。"有二子，曰房、曰廪。于文，"房"从方，"廪"从回，盖寓父字于二子名也。

（《老学庵笔记》）

## 注释

① 贺方回：贺铸（1052—1125），北宋词人。字方回，又名贺三愁，人称贺梅子，自号庆湖遗老。祖籍山阴（今浙江绍兴），出身贵族，宋太祖贺皇后族孙。自称远祖本居山阴，是唐贺知章后裔，以知章居庆湖（即镜湖），故自号庆湖遗老。能诗文，尤长于词。其词内容、风格较为丰富多样，兼有豪放、婉约二派之长。

② 朱黄：用于校书的朱砂和雌黄。

③ 潘邠老：潘大临（约公元 1090 年前后在世）宋代江西诗派诗人，湖北黄州（黄冈市）人，字邠老，一字君孚，潘鲠之子。善诗文，又工书，从苏轼、黄庭坚、张耒游，雅所推重。为人风度恬适，殊有尘外之韵。

## 译文

贺方回相貌奇丑，脸色青黑然而却有一股英气，当时人们俗称他为贺鬼头。他喜欢校雠书籍，用于校书的朱砂和雌黄从不离手。诗文都有很高的名声，并不独擅长于长短句。潘邠老曾赠诗赞扬方回诗云："诗束牛腰藏旧稿，书讹马尾辨新雠。"贺方回有二子，一个叫"房"，一个叫"廪"，从组字来看，"房"从方，"廪"从回，大概是取父亲名字用于二子之名。

## 品读

有人说贺铸是一个性情暴躁的武夫，也有人说贺铸是一个沉静温婉的文人。事实上，贺铸是一位个性非常奇特的词人，截然对立的两面在他身上都能得到和谐的统一。

他长相奇丑，身高七尺，面色青黑如铁，眉目耸拔，人称"贺鬼头"；其词却"雍容妙丽，极幽闲思怨之情"。程俱曾在《贺方回诗序》中说道："方回为人，盖有不可解者：方回少时，侠气盖一座，驰马走狗，饮酒如长鲸，然遇空无有时，俯首北窗下，作牛毛小楷，雌黄不去手，反如寒苦一书生；方回仪观甚伟，如羽人剑客，然戏为长短句，皆雍容妙丽，极悠闲思怨之情；方回慷慨感激，其言理财治剧之方，娓娓有序，似非无意于世者，然遇轩裳角逐之会，长如怯夫处女，余以为不可解着此。"程俱是贺铸最好的朋友，后来为他的诗集作序，也矛盾地描绘说："贺铸少时侠气逼人，驰马走狗，纵酒狂饮如长鲸，是意气风发。然而空寂无聊之时，却埋头静坐在窗下校勘书籍，作牛毛小楷，雌黄不离手，像个贫寒书生。其形貌生得高大壮硕，有如羽人剑客，但戏笔作小词，却雍容妙丽，极尽幽闲思怨之致。平时慷慨激昂，性格豪迈，说起理财事务来头头是道，并不像是无意于用世者。然而遇到士女轩裳摩肩接踵的聚会，却又极为拘谨胆怯，像羞涩的闺女一样。"意思是说他这个人实在不可理解。南渡词人叶梦得与贺铸的往来也非常密切，他写的《贺铸传》以及《岩下放言》，都说贺铸有口才，最喜欢雌黄议论他人，口吻锋利。种种细节，也证明程俱所说都是事实。诗友潘大临寄诗给他，也说到他"诗束牛腰藏书稿，书讹马尾辨新雠。"（《赠贺方回》）前句说他诗歌非常多，粗如牛腰。后句说他校雠用心极细，细如马尾。我们在宋人野史里还找到有记载说，吴中人曾敩、贺铸二家藏书极多，两家的后代先后将藏书献于朝廷。这些图籍都经过曾敩与贺铸的亲手校雠（张邦基《墨庄漫录》）。看来贺铸喜欢校书的确不假。

　　贺铸虽然诗、词、文皆善。但从实际成就看，他的诗词高于文，而词又高于诗。贺铸的词，流传到今天的共有二百八十三首。数量算相当多，在北宋词人里面，这个创作量仅仅少于苏轼，比欧阳修和晏几道都多，可以想象他当年埋头填词的激情。他在世的时候，曾经把平生所作的词编辑成帙，取名《东山乐府》，又名《东山寓声乐府》，拿去请朋友张耒题序。张耒为他写了一篇序，称赞他的词有盛丽、妖冶、幽洁、悲壮四大风格。盛丽的词充满富贵气象，像走进了贵族殿堂。妖冶的词充满香艳的脂粉气，像与大美人西施、王嫱撞了个满怀。幽洁的词像屈原的《离骚》，悲壮的词像苏武、李陵的塞外绝唱。《青玉案·凌波不过横塘路》是贺铸的成名作，词云：

> 凌波不过横塘路，但目送，芳尘去。锦瑟华年谁与度。月桥花院，琐窗朱户。只有春知处。
>
> 碧云冉冉蘅皋暮，彩笔新题断肠句。试问闲情都几许，一川烟草，满城风絮，梅子黄时雨。

贺铸也因此词而得了一个"贺梅子"的称号。当时许多文人都对这首词倍加称赞，黄庭坚还专门写了一首诗《寄方回》，诗云："少游醉卧古藤下，谁与愁眉唱一杯。解作江南断肠句，只今惟有贺方回。"由此可见这首词的盛名。唐圭璋《唐宋词简释》中对此词的分析颇为贴切传神。他是这么分析的：

此首为幽居怀人之作，写境极岑寂，而中心之穷愁郁勃，并见言外。至笔墨之清丽飞动，尤妙绝一世。起句"凌波"、"芳尘"，用《洛神赋》"美人不来，竟日凝伫"，已写出惆怅之情，"锦瑟华年"，用李义山诗，因人不来，故伤无人共度。"谁与"二字，藉问唤起，与"只有"二字相应。外则月桥花院，内则琐窗朱户，皆无人共度，只有春花慰籍，其孤寂可知。换头，另从对方说起，仍用《洛神赋》，言人去苒苒，杳无信息。"彩笔"一句，自述相思之苦，人既不来，信又不闻，故惟有自题自解耳。满纸忧伤，固是得力于楚骚者。"试问"一句，又藉问唤起。以下三句，以景作结，写江南景色如画，真绝唱也。作法亦自后主"问君能有几多愁"来。但后主纯用赋体，尽情吐露。此则含蓄不尽，意味更长。

# 十二 长短句序

雅正之乐微①，乃有郑卫之音②。郑卫虽变，然琴瑟笙磬犹在也。及变而为燕之筑、秦之缶、胡部之琵琶筚篥，则又郑卫之变矣。风、雅、颂之后③，为骚、为赋、为曲、为引、为行、为谣、为歌。千余年后，乃有倚声制辞④，起于唐之季世，则其变愈薄，可胜叹哉！予少时汩于世俗，颇有所为，晚而悔之。然渔歌菱唱⑤，犹不能止。今绝笔已数年，念旧作终不可掩，因书其首，以识吾过。淳熙己酉炊熟日，放翁自序。

（《渭南文集·长短句序》）

## 注释

① 雅正之乐：古代帝王祭祀天地、祖先及朝贺、宴享等大典时所用的乐舞。周代雅乐是指"六舞"（云门、咸池、大磬、大夏、大镬、大武，前四种属文舞，后两种属武舞）。以后历代统治者都将此奉为乐舞的最高典范，认为它的音乐"中正和平"，歌词"典雅纯正"，故称之为"雅乐"。

② 郑卫之音：有广义和狭义之分，广义是指一切非官方的

民间音乐，即与正统雅乐相对应的民间俗乐。狭义主要是指春秋时期在各个诸侯国兴起的以郑国、卫国地区（今河南省新郑、滑县一带）为代表的民间音乐。郑卫之音在内容上抒发了人们的真实情感，音乐形式新颖多变，具有非常强的感染力，受到了社会各阶层的喜爱，并形成一种新的音乐潮流，造成了春秋末期"礼崩乐坏"的社会局面，因此受到统治者的极力反对，贬其为"淫乐""亡国之音"。

③ 风雅颂：指《诗经》。《诗经》根据音乐属性不同，分为风、雅、颂三大类。

④ 倚声制辞：指词这种新兴的诗歌体裁，依照歌曲的声律节奏，按谱填词。

⑤ 渔歌菱唱：渔人唱的民歌，采菱人唱的小调。此处泛指词。唐王勃《上巳浮江宴序》："榜讴齐引，渔歌互起。"唐孟郊《感别送从叔校书简再登科东归》诗："菱唱忽生听，芸书迥望深。"

## 译文

雅乐正声式微，于是出现了郑卫之音。郑卫之音虽然有了很大的变化，但传统的琴瑟笙磬之乐还是保留的。演变到后来出现的燕地的筑乐，秦地的缶乐，西域的琵琶箜篌等乐，它们又是郑卫之音的流变了。《诗经》以后，出现了各种各样的诗体，有骚、赋、曲、引、行、谣、歌。一千多年后，才出现词。词兴起于唐末，到后来，词愈兴盛而词体愈变卑下，真让人感叹！我年轻时也曾被当时风气所感染，填词颇多，晚年却为自己年轻时的这些轻率之作而后悔。然而渔歌菱唱，活泼灵动的小词，确实让人欲罢不能。如今我已有数年不染小词，又念及旧日作品犹有可爱处，终究不忍其湮没无闻，于是写下这篇序文，附在词集之首，来表明我的过失。淳熙己酉炊熟日，陆游自序。

**品读**

陆游《长短句序》一文系统地介绍了"词"这一艺术形式的起源。在陆游看来，兴起于唐末时代的"倚声制辞"这一艺术形式，是以"雅正之乐"为艺术源头，经历"郑卫之音""琴瑟笙磬"、筑、缶、琵琶箜篌、《诗经》之"风雅颂"、骚曲引行谣歌等逐级演变之后才发展成型。"雅正之乐"逐级演变至"倚声制辞"，已经与其原来的艺术内涵相去甚远。所以，陆游认为，"倚声制辞"是一种古艺术变"薄"之后的艺术形式，并不能与诗这种正统的文体相提并论。查阅陆游的作品可以得知，与陆游创作的大量诗歌作品相比，他的词仅一百三十余首。陆游的诗的数量与词的创作数量之所以会有如此大的差距，是由于陆游自身诗词创作观念的差异造成的。陆游认为，长短句乃是"小技"，文人创作这种"渔歌菱唱"的文字，是有失文人的身份的。陆游也明确地表明了他对于作词的态度："予少时汩于世俗，颇有所为，晚而悔之，然渔歌菱唱，犹不能止。今绝笔已数年，念旧作终不可揜，因书其首以识吾过。"由此可以看出，陆游对其早年进行词的创作的这种行为是感到惭愧和后悔的。

然而尽管如此，陆游对于早年创作的词仍旧不舍丢弃，这也说明他对作词并不是完全贬低，也有一种欣赏的态度。陆游对词的认知与创作，在思想深处是颇有矛盾的。他认为词不登大雅之堂，不能与"言志"的诗相提并论；但实际上却非常喜欢填词，并乐此不疲。从理性上说，他站在士大夫立场上，仍以词为小道，并对早年"汨于世俗"作词而"悔之"。但从感性上讲，他非常喜欢作词，虽然对自己曾经作词"悔之"，然"渔歌菱唱，犹不能止"；虽说"绝笔已数年"，实则后来仍写了许多词；虽曰编辑词集是为了"以志吾过"，实则爱而不舍，不能丢弃。陆游在观念上、行动上轻视词体，实际却又"身不由己"地创作词，事后再乐此不疲地进行自我批判、自我反思以示"清白"，"自欺欺人"的行为背后，体现的是古代正统道德观念、文体尊卑观念的强大控制力与约束力。叶嘉莹《论陆游词》指出，在"理性"上，陆游对词保持着"否定之态度"，在"感性"上，他已经"下意识地受了词之此种特美所吸引"，然而"陆游又是一个喜欢在理性上寻求解答的人"，因此，他对词始终有一种"迷惘困惑之感"。

"小词"往往与歌妓有着千丝万缕的联系，而歌妓从某种意义上而言，正是人之情欲的象征，这也是多数文人不愿承认自己的词作的原因，因为一旦承认，就等于公开了自己的私情，风流的过往，承认了自己的私欲，默认了自己在人格上的不完美。关于这点，可以借鉴弗洛伊德"本我、自我、超我"的理论。弗洛伊德认为，人格由"本我""自我""超我"组成。所谓"本我"，即人性中最本质、最原始的需求，它奉行"唯乐原则"，折射出人们的"潜意识"。"超我"则位于人格结构的最高层，是个体在接受社会道德准则的约束与教化后形成的。它以自我理想与良心为行为标准，遵守"至善原则"。"自我"位于"本我"与"超我"之间，用以调和二者的矛盾。根据弗洛伊德的理论，陆游的行为就不难理解了。就"超我"而言，"小词"并不符合传统诗教、社会道德，是"小道""末技"，应予以排斥。另一方面，这些"小技"又是"最坦诚地表露人们心灵的文学工具"，最贴近人性中的"本我"，对"本我"有着强大的吸引力。面对二者的冲突，"自我"予以调解，也就形成了他们在公开场合对"俗乐"予以强烈的批判，然而回到家后继续创作这种小道末技的情形。

飞红不是武陵春多事花溪去问
津若道于今无隐士青蓑若笠
是何人
鸥波老人有苕溪渔隐图在
娄东王奉常家设色亡女秀岷
韵清妍非近人所能摹谅

古人学问无遗力，

少壮工夫老始成。

纸上得来终觉浅，

绝知此事要躬行。

陆游（宋）　冬夜读书示子聿

## 十三 京口唱和序

隆兴二年闰十一月壬申，许昌韩无咎以新番阳守来省太夫人于润①。方是时，予为通判郡事②，与无咎别盖逾年矣，相与道旧故，问朋游，览观江山，举酒相属，甚乐。明年，改元乾道，正月辛亥，无咎以考功郎征③，念别有日，乃益相与游。游之日，未尝不更相和答，道群居之乐，致离阔之思；念人事之无常，悼吾生之不留。又丁宁相戒以穷达死生毋相忘之意。其词多宛转深切，读之动人。呜呼！风俗日坏，朋友道缺，士之相与如吾二人者，亦鲜矣。凡与无咎相从者六十日，而歌诗合三十篇④。然此特其大略也，或至于酒酣耳热，落笔如风雨，好事者从旁掣去，他日或流传乐府，或见于僧窗驿壁，恍然不复省识者，盖又不可计也。润当淮江之冲，予老益厌事，思自放于山巅水涯，与世相忘。而无咎又方用于朝，其势未能遽合。则今日之乐，岂不甚可贵哉！予文虽不足与无咎并传，要不当以此废而不录也。二月庚辰，笠泽陆某务观序。

（《渭南文集·京口唱和序》）

## 注释

① 韩无咎：韩元吉（1118—1187），南宋词人，字无咎，号南涧。平生交游甚广，与陆游、朱熹、辛弃疾、陈亮等当代胜流和爱国志士相善，多有诗词唱和。

② 通判：官名。宋初始于诸州府设置，即共同处理政务之意。

③ 考功：官名。三国魏尚书有考功定课二曹，隋置考功郎，属吏部，掌官吏考课之事，历代因之，清末废。唐韩愈《独孤府君墓志铭》："权公既相，君以嫌自列，改尚书考功员外郎，复史馆职。"《儒林外史》第三十回："又说到宗子相，杜慎卿道：'宗考功便是先君的同年。'"

④ 歌诗合三十篇：隆兴二年，陆游与韩元吉在润州（镇江）交游，二人唱和诗词颇多，陆游因此编辑《京口唱和集》，惜此集失传，只留下序文。

## 译文

隆兴二年闰十一月，韩无咎到江西鄱阳赴任太守，途径镇江顺便省亲太夫人。此时，我也正好任镇江通判郡事。我与无咎分别多年，此次相聚，一起访旧友、览江山、饮酒作乐，非常开心。第二年，年号改乾道，正月辛亥，无咎以考功郎征远赴临安，念及此次分别会很长久，于是二人交游更加频繁，交游之时更时常以诗词唱和赠答，内容主要是道群居之乐，致离阔之思；念人事之无常，悼吾生之不留。二人又互相叮咛，不管今后穷达与否，都不要忘记双方生死之交的情谊。无咎的词作宛转深切，读来使人动容。唉！如今风俗日坏，朋友道缺，文人士子之交能像我和无咎这样真挚的，已经很少了。此次与无咎相聚交游六十日，所作歌诗三十首。然而这也只是其中的概貌，还有很多作品散落各处。有的虽是酒酣耳热之作，却落笔如风雨，好辞章的人从旁记录，辗转传播，还有的散落在僧窗驿壁，不再被人们所知道的诗词，数量更是不计其数了。镇江为淮水的重要关口，而我却越老越厌恶政事，整日只想寄情于山水，与世相忘。而无咎又正当为朝廷所重用，我们二人的运势不能立马合拍。今天的相聚交游之乐，难道不是更显珍贵吗？我的文虽然不足以追配无咎一并相传，却不能以此费所作诗词而不辑录。二月庚辰陆游序。

### 品读

隆兴元年（1163），陆游被降职出京。此时张浚在建康南京厉兵秣马，准备北伐，陆游非常支持他，但这次北伐失利。而张浚依然被重用，对于恢复中原之事，陆游心中再次燃起希望。然而，由于主和派的攻击，张浚被罢相，不久去世。陆游的希望再次成为泡影。该序正表达了他报国无门的抑郁与痛苦，他的心已被忧伤与苦痛填满。与好友韩元吉在一起，虽有群居之乐，但离别之思，人事无常，穷达生死，这似乎是唱和诗的主调。实际上，一想到那些无耻的主和派，陆游就怒不可遏。那些投降派只为一己之利，在朝中结党营私，攻击迫害主战派，施以精神上的压力，整个国家被这些蠹虫搞得乌烟瘴气。面对这种局面，陆游一腔忧愤无处抒发。"予老益厌事，思自放于山巅水涯，与世相忘"，只能将热情付与山巅水涯。

同年，韩元吉的哥哥韩元龙为淮东总领官，总领所设在镇江，母亲因此跟着哥哥住在此地。隆兴二年（1164）闰十一月，韩元吉以新鄱阳守的身份赴镇江看望母亲，当时陆游恰好为镇江通判。他们两人是早就认识的，这次相逢于镇江，一起览观江山，举酒相属，更相唱和，唱和的内容据陆游说有"道群居之乐，致离阔之思；念人事之无常，悼吾生之不留。又丁宁相戒以穷达死生毋相忘之意"。可见他们感情之深厚。对于两人之间的友谊，陆游感叹道："呜呼！风俗日坏，朋友道缺，士之相与如吾二人者，亦鲜矣。"从隆兴二年的闰十一月到乾道元年正月共六十日，他们唱和的歌诗合计有三十篇，但陆游说："然此特其略也，或至于酒酣耳热，落笔如风雨，好事者从旁掣去，他日或流传乐府，或见于僧窗驿壁，恍然不省识者，盖又不可计也。"他们这次镇江相聚所作歌诗当时曾合集刊刻，非常遗憾的是居然没有流传下来，现在唯一能见到的是收在陆游《渭南文集》中的一篇《京口唱和序》，还可使我们知道当时的大概情形。

此间，韩、陆二人赋诗唱和极多，有《次韵务观城西书事二首》《方务德元夕不张灯留饮赏梅务观索赋古风》《无咎兄郡斋燕集有诗见及敬次元韵》；并有词作若干首，如陆游的《赤壁词·招韩无咎游金山》：

禁门钟晓，忆君来，朝路初翔鸾鹄。西府中台独步，行对金莲宫烛。麾绣华鞯，仙葩宝带，看即飞腾速。人生难料，一尊此地相属。

回首紫陌青门，西湖闲院，锁千梢修竹。素壁栖鸦应好在，残梦不堪重续。岁月惊心，功名看镜，短鬓无多绿。一欢休惜，与君同醉浮玉。

元吉有和作二首，《次陆务观见贻念奴娇韵》：

湖山泥影，弄晴丝、目送天涯鸿鹄。春水移船花似雾，醉里题诗刬烛。阔别经年，相逢犹健，底恨光阴速。壮怀浑在，浩然起舞相属。

长记入洛声名，风流觞咏，有兰亭修竹。绝唱人间知不知，零落金貂谁续。北固烟钟，西州雪岸，且共杯中绿。紫台青琐，看君归上群玉。

另一首同调非原韵，亦属和作。词云：

春来离思，正楼台灯火、香凝金戟。扬子江头嘶骑拥，杨柳花飞留客。枚乘声名，谪仙风韵，更赋长相忆。酒阑相顾，起看月堕寒壁。

尊前谁唱新词，平林真有恨、寒烟如织。燕雁横空梅蕊乱，醉里隔江闻笛。白发逢春，湖山好在，一笑千金直。待君归诏，买船重话畴昔。

在韩元吉《甲乙稿》中，韩氏有多首词作或怀念陆游或与之唱和，除上述词作外，还有《醉落魄·务观席上索赋》《满江红·再至丹阳，每怀务观，有歌其所制者，因用其韵示王季夷、章冠之》《水调歌头·寄陆务观》等。韩元吉与陆游年龄相仿，性格相投，结下了终身不渝的友情。及韩氏卒于上饶后，陆游又作祭文、挽诗，表示哀悼。

# 十四　徐大用乐府序

古乐府有《东武吟》①，鲍明远辈所作②，皆名千载。盖其山川气俗，有以感发人意，故骚人墨客，得以驰骋上下，与荆州、邯郸、巴东三峡之类，森然并传，至于今不泯也。

吾友徐大用，家本东武，呼吸食饮于郏淇之津③，盖有以相其轶思者。故自少时，文辞雄于东州。比南归，以政事议论，显闻荐绅，顾不肯轻出其文以沽世取富贵，三十年犹屈治中别驾④，澹然莫测涯涘。独于悲欢离合，郊亭水驿，鞍马舟揖间，时出乐府辞，赡蔚顿挫⑤，识者贵焉。或取其数百篇，将传于世，大用复不可。曰："必放翁以为可传，则几矣，不然，姑止。"予闻而叹曰：温飞卿作《南乡》九阕，高胜不减梦得《竹枝》，讫今无深赏音者，予岂敢自谓知君哉。独感东武山川既堕胡尘中，而大用之才久伏不耀，故为之一言。绍兴五年三月庚寅，笠泽陆某务观序。

（《渭南文集·徐大用乐府序》）

## 注释

①《东武吟》：本为齐地歌曲名。东武，古地名，在今山东诸城市一带。鲍照所作为《代东武吟》，该诗写一老兵自述征战塞外的艰苦经历和回乡后有功不获赏的悲怨心情。语言劲峭，音调响亮。

② 鲍明远：鲍照，（412—466），字明远，东海郡人（今属山东临沂市兰陵县长城镇），南朝杰出的文学家、诗人。鲍照与颜延之、谢灵运同为宋元嘉时代的著名诗人，合称"元嘉三大家"，其诗歌注重描写山水，讲究对仗和辞藻，世称"元嘉体"。

③ 郏淇：扶淇河。水有二源，东源水为扶河，又名注辅河，发源于五莲县之凤凰山北麓；西源水为淇河，发源于诸城境内之寨山北麓。二源于诸城城南三里庄汇合，称扶淇河。

④ 治中别驾：治中，指治理政事的文书档案。别驾，官名，指州刺史的佐史，因随刺史出巡时另乘传车，故称。

⑤ 赡蔚顿挫：赡蔚，形容文辞丰美。顿挫，指诗文跌宕起伏、回旋转折。《文选·陆机〈文赋〉》："铭博约而温润，箴顿挫而清壮。"张铣注："顿挫，犹抑折也。"

## 译文

古乐府有名作《东武吟》，是南朝著名诗人鲍照所作，作品和诗人都名垂千古。大概是因为齐地东武山川气俗等自然现象，感染了诗人的内心，诗情大发，驰骋想象，创作出来的地方歌谣，和荆州、邯郸、巴东三峡歌谣一样，广泛流传，至今不灭。

我的朋友徐大用，家本东武，呼吸饮食郏淇之水，地方的山水灵气更加增加了他的文学才华。年轻的时候，他就以文章著称于东州。南渡以后，犹擅作政事议论文，却不被时人所识，而大用也不屑鬻文换取富贵，三十年来屈居治中别驾的小职，他澹然的心态没有人可以揣摩。大用特别擅长在悲欢离合、郊亭水驿、鞍马舟揖等场合创作新词，所作赡蔚顿挫，时人都以其词为珍贵，有的人想辑其词数百首，编辑成册传于后世，而大用却不答允。说："必须要陆游认为可以结集传播才可以，否则，不传。"我听说后感慨曰："温庭筠作《南乡子》九阕，高华逸胜，不输刘禹锡《竹枝词》，至今都还没碰到真正欣赏它们的人，我又怎么敢说了解大用的词情呢？我感慨东武之地已经落入胡人手中，而大用的才华却长期掩埋不显于世，所以写下此书。绍兴五年三月庚寅，陆游序。"

## 品读

序文是陆游为好友徐大用的词集所撰，主要涉及文学产生的本源问题。序中有"盖其山川气俗，有以感发人意，故骚人墨客，得以驰骋上下，与荆州、邯郸、巴东三峡之类，森然并传，至于今不泯也"一句，这句话阐明了这样一种认识：由于在生活中接触外界事物（所谓"山川"与"气俗"），文人墨客（作家）常常会产生许多联想和感慨，不免诉之笔端。这让人想到刘勰，他在《文心雕龙·物色》篇中说："春秋代序，阴阳惨舒，物色之动，心亦摇焉。……若夫珪璋挺其惠心，英华秀其清气，物色相召，人谁能安？……岁有其物，物有其容；情以物迁，辞以情发。"大自然的时令更替影响人的心情，因之发生了某种变化——人们目睹花木的盛开禁不住心动神摇，随物抒情，遂提笔写作。这说明自然景物会影响人的感情，于是情动而文出。

序中所谓"盖其山川气俗，有以感发人意，故骚人墨客，得以驰骋上"，难道是在重复刘勰《物色》篇之说吗？仅从文字看好像是，实则不然。刘勰所谓"物色"，读者一望即知，指的是自然界的万物和大自然的景致，并不包括作为社会主体的人的生活状况以及复杂的人生境遇等；只是从一个方面概括、描绘了文学产生的本源。必须承认，自然界中林林总总的一切确实可以影响人们的生活，甚至能够左右他们的心情。其中有文字功夫的一部分人会走上创作之路，而且很可能有的人要以大自然为题材开展创作活动，甚至造就一批山水田园诗人、散文家。然而，文学在最终极的意义上是表达对现实生活、人生的认识和感悟的，其中所写之"情"并不都来源于自然界的"春秋代序，阴阳惨舒，物色之动"。在绝大多数情况下，由于作家们生活在这样、那样的环境中，与各种各样的人产生着这样、那样的联系，会遇到这样、那样的事情——愉快的或不愉快的。于是，现实人生中种种事象和遭遇会刺激作家们的创作神经，于是他们所谓的"情"就变得复杂起来，不是单色调的了。

比较之下，陆游的认识更加深刻。陆游所说的外界事物，不仅包括自然界中的景色（"山川"），还包括社会文化语境（陆游称为"气俗"）。这就意味着陆游对文学产生本源的认识包括了刘勰说的

"春秋代序，阴阳惨舒"，同时加上彼时彼地特有的"气俗"——文化语境。从理论探讨上显得相当辩证，也更显全面，体现出思维的严密性。如果我们阅读陆游《题庐陵萧彦毓秀才诗卷后二首》中"法不孤生自古同，痴人乃欲镂虚空。君诗妙处吾能识，正在山程水驿中"等句，会发现陆游更重视包含"气俗"在内的社会生活环境之于创作的意义。他赞美诗人萧彦毓的成功来自对于"山程水驿"的跋涉之后的感悟与对人生哲理的提炼，从而启发人们：任何不能深入生活的人都不可能在创作方面取得大的成功，表明了其严正而深刻的思考。可以认为，《题庐陵萧彦毓秀才诗卷后二首》与《徐人用乐府序》中"盖其山川气俗，有以感发人意，故骚人墨客，得以驰骋上下"之说，完美表达了陆游关于文学产生的本源的思考。

陆游论徐大用词时还涉及另一个重要创作现象和理论命题。他称道徐大用"独于悲欢离合，郊亭水驿，鞍马舟楫间，时出乐府辞"的勤勉创作精神，赞美他甘于贫贱境地，"三十年犹屈治中别驾""大用之才久伏不耀"，才使得其词"赡蔚顿挫，识者贵焉"，这分明表达出一种认识——居于贫贱、遍尝人间悲欢离合之情的作家才有可能创作出"赡蔚顿挫"的作品。陆游的这个认识从一个维度总结了文学创作的经验，也概括了一种文学史的事实存在，古往今来文坛的不少成功人士均可为证。人们常说，忧郁和痛苦可以产生最美的文学。如果这样来看，陆游所言实际涉及一个重要命题——悲愤出诗人。

# 十五  跋花间集（其一）

《花间集》皆唐末五代时人作[1]，方斯时，天下岌岌[2]，生民救死不暇，士大夫乃流宕如此[3]，可叹也哉！或者亦出于无聊故耶？笠泽翁书。

（《渭南文集·跋花间集》（其一））

## 注释

①《花间集》：中国第一部文人词总集，为五代西蜀赵崇祚所编，共收录了自晚唐至五代的温庭筠、韦庄、皇甫松、牛峤、孙光宪等十八位词家的五百首作品。其内容多为风花雪月的男女恋情，且喜好以女子的口吻抒发感情，这种类型的词作约占三分之二，因此总体说来，风格倾向于香软绮靡。以后世多数评论者的眼光看来，《花间集》格调不高，题材狭窄，感慨不深，且对后世词的创作有着深远却不利的影响。

② 岌岌：语出《孟子·万章上》："天下殆哉，岌岌乎。"岌岌，形容危殆的样子。

③ 流宕：放荡，不受约束。此处指士大夫们纵情沉溺于艳词之作。《后汉书·方术传序》："意者多迷其统，取遣颇偏，甚有虽流宕过诞亦失也。"晋陶潜《闲情赋》序："将以抑流宕之邪心，谅有助于讽谏。"《北史·儒林传·何妥》："其有声曲流宕，不可以陈于殿庭者，亦悉附之于后。"

## 译文

《花间集》是唐末五代时期文人词的总集。当时天下大乱，人人生命不保，自救无暇，而士大夫们却沉湎于填写艳词，真可叹呀！当中也有的是士大夫们百无聊赖的即兴之作罢了！陆游书。

## 品读

陆游对晚唐五代词，主要是《花间集》的评价，前后（中年和晚年）是矛盾的，是由否定到肯定的。陆游《渭南文集》中有两篇关于《花间集》的跋文，第一篇无时间题署，约略作于中年以后。此即为第一篇。篇中陆游对《花间集》的评价充满贬斥之词，"流宕""无聊"云云，皆从政教、诗教角度言说指斥。《花间集》作者多为西蜀词人，在晚唐五代时期，西蜀社会稳定，经济繁荣，反映市民情绪与统治阶级享乐思想的词，得到空前的发展。陆游对《花间集》作者的责难，既与晚唐五代西蜀的社会不符，又反映出他文学观念的正统，以"言志"的诗衡量"言情"的词，因此对《花间集》的词人只写艳情而不顾国计民生极为反感。

陆游对花间词人不念家国安危而纵情声色致以深沉感慨，是很有时代感和现实感的批评。批判当时士大夫的流宕，不顾国家民族危亡，是政治道德层面的批判。陆游处在宋南渡后一个相对和平的时期，社会经济的复苏与发展，舒适稳定的生活条件，渐渐抚平了统治阶级曾铭记于心的国破家亡的耻辱，享乐之风渐起。作为歌舞宴席的重要助兴工具，词又开始广泛流传于士大夫的酒席家宴之中。对此，有识之士是深恶痛绝的。罗大经《鹤林玉露》就批判士大夫"流连于歌舞嬉游之乐，遂忘中原"。汤衡《张紫微雅词序》说："夫镂玉雕琼，裁花剪叶，唐末词人非不美也。然粉泽之工，反累正气。"宋末林景熙《胡汲古乐府序》亦云："唐人《花间集》，不过香奁组织之辞，词家争慕效之，粉泽相高，不知其靡，谓乐府体固然也。"刘克庄《满江红》云："生怕客谈榆塞事，且教儿诵《花间集》。"《花间集》甚至作为"榆塞事"的对立面而存在，成为宋人逃避战争心态的体现，看到《花间集》，就难免想到国家民族所遭受的耻辱。黄氏《蓼园词评》看到陆游的这种心迹，评曰："放翁一生忧国之心，触处流出，无非一腔忠爱。此词辞虽含蓄，而意极沉痛。盖南渡国步日蹙，而上下安于逸乐，所谓一城丝管，争占亭馆也。"对于花间派所带来的五代靡靡之风，对于一味追求安逸享乐、不图恢复的心态，陆游是较为警惕的，他认为此风不可长，批评花间的同时，其实是批判花间背后的享乐之风。

# 十六 跋花间集（其二）

唐自大中后①，诗家日趣浅薄②。其间杰出者，亦不复有前辈闳妙浑厚之作③，久而自厌，然梏于俗尚，不能拔出。会有倚声作词者，本欲酒间易晓，颇摆落故态，适与六朝跌宕意气差近④，此集所载是也。故历唐季五代，诗愈卑而倚声者辄简古可爱。盖天宝以后⑤，诗人常恨文不迨；大中以后，诗衰而倚声作。使诸人以其所长格力施于所短，则后世孰得而议？笔墨驰骋则一，能此不能彼，未易以理推也。开禧元年十二月乙卯，务观东篱书。

（《渭南文集·跋花间集》（其二））

**注释**

① 大中：指唐宣宗李忱（810—859）在位期间年号。李忱在位时期是唐朝继会昌中兴以后又一段安定繁荣的时期，历史上把这一时期称之为"大中之治"。

② 浅薄：肤浅。多指人的学识、修养等。此处指诗歌缺乏意蕴。《荀子·非相》："智行浅薄，曲直有以相县矣。"

③ 闳妙浑厚：闳妙，深远微妙。明徐渭《〈逃禅集〉序》：

"其道甚闳妙而难名，所谓无欲而无无欲者也。"浑厚，质朴厚重，不纤巧浮靡。宋司马光《述〈国语〉》："（《国语》）辞语繁重，序事过详，不若《春秋传》之简直精明、浑厚道峻也。"

④ 跌宕：形容事物多变，不稳定；富于变化，有顿挫波折。陆游《自喜》诗："狂歌声跌宕，醉草笔横斜。"比喻文笔、笔法豪放，富于变化，声情音调抑扬顿挫。此处指六朝文学变化有致，顿挫波折。

⑤ 天宝：指唐玄宗李隆基在位所用年号之一（742—756）。

## 译文

唐代大中年间以后，诗歌的审美追求越来越流于浅薄，也不再有前代那种闳妙浑厚的高华之作，久而久之，诗人们也被当时浅近通俗的诗风所苑囿而不能自拔。适逢此时出现填词作者，所作本为樽前酒席的通俗小令，然而摆脱了过去的诗歌状态，正好与六朝变化有致、顿挫波折的诗歌风气相近，这部集子所录作品便是。从唐末到五代，诗格愈发卑下而倚声小词愈加简古可爱。唐玄宗天宝年间以后，诗人已经时常遗憾诗文软弱无力，到唐宣宗大中年间以后，诗歌衰弱而词振起。各诗人以其所长致力于所不擅长的其他文学样式，后代的人又何必多加批评。诗人跌宕多姿的文学才情是大致相近的，有的擅长这种文学而不擅长那种文学，不能简易一概而论。开禧元年十二月乙卯，陆游书。

### 品读

这是陆游第二篇《跋花间集》，作于开禧元年，时年81岁。陆游晚年对词的态度是宽容而肯定的，从他的"流宕"和"跌宕"两个用语的转变就可以明显看出来。跋一中所用的"流宕"是充斥着批评和不满的，而跋二中的“跌宕”却是洋溢着欣赏和喜爱的。陆游诗中也用“跌宕”一词范例李白：“诗人跌宕例如此”（《山园草间菊数枝开席地独酌》），此外他还用“嵚崎历落”（《感事六言》）形容李白。所谓“摆落故态”——“六朝跌宕意气”——“嵚崎历落”，实即指诗歌摆脱教化后的生命本真高远的状态，也可由此概括出陆游眼里词体“缘情而高古（简古）”的文体特征——词体虽流行于宴集，却因“本欲酒间易晓”而不期然摆脱了教化束缚。“会有”“适”，属时间关系修饰词，“故历唐季五代，诗愈卑而倚声者辄简古可爱”，已指出晚唐时诗格卑弱与简古可爱、高胜工妙的词体兴起间有因果联系。

陆游称赞花间词“简古可爱”，则为艺术价值上的评价。宋人写词，多以《花间集》为重要学习对象，陆游亦不例外，《老学庵笔记》载：“唐有一种色，谓之退红。……《花间集》乐府云：‘床上小熏笼，韶州新退红。’盖退红，若今之粉红，霖器亦有作此色者，无之矣。”将《花间集》的作品随手拈来，可见陆游对其熟悉程度。宋人虽有认为唐词不如宋词者，如黄升就认为“长短句起于唐，盛于宋”，但大多认可花间的艺术成就无法超越，如陈善《扪虱新语》云：“唐末诗格卑陋，而小词尤为奇绝，今世人尽力追之，有不能及者。予故尝以唐《花间集》为长短句之宗。”王灼《碧鸡漫志》卷二云：“唐末五代，文章之陋极矣，独乐章可喜。”陆游称花间词“简古”，强调的是“古”字，说明与陈善、王灼一样，陆游推崇花间词，一定程度上受到崇古、

复古心态的影响。他在称赞花间词之前，先批判
"唐自大中后，诗家日趣浅薄"，而"倚声辄简古可
爱"，则是从文学的时代特征的角度，肯定花间词的
历史意义。

陆游感叹诗歌在倚声制辞后变得愈来愈薄。薄
则味淡，则意浅。这显然是说诗在倒退。他进一步
对诗坛的没落做出阐发，感叹不复有前辈那样的
"闳妙浑厚之作"。首先，陆游注意到文学的"变"，
他不认为这种变是一种进步，而是不得已而为之。
其次，陆游的态度是厚古而薄今，但这种"厚"与
"薄"是以"闳妙浑厚"作为标准，"闳"即恢宏开
阔，"厚"即意味深远，这是有针对性的批评，并非
没有来由地一味对古"厚"而对今"薄"。关于诗的
情感表达，可能越是直接就越有力量，尽管有时也
需要委婉，但委婉也存在着隔与不隔的问题。过于
隔也就缺少了力度。而对同一类感情的表达，如果
有人做过了，或做得很好，就得变换一种方式，不
然就会拾人牙慧。这种方式在诗歌创作中就可能导
致诗风或诗体的变化。人们常说唐诗宋词元曲。宋
代不是没有人写诗，元代也不是没有人填词，而是
说他们没有可能超越前人，只能另辟蹊径去填词唱
曲。这种文学形式的变化也会给情感带来某种微妙的
变化，但有时文学不仅要求形式的更新，也需要情感
和经验的更新。当然，大体的情感总归是一样的，这
也就会使作者们去发掘新的情感因素，或在同一情感
中去发掘细微的感受。这当然就会使诗变得细腻，而
过细则薄则靡，于是又得去重新寻求新的表达方式。

# 十七　跋金奁集

　　飞卿《南乡子》八阕①，语意工妙，《竹枝》殆可追配刘梦得②，信一时杰作也。淳熙己酉立秋，观于国史院直庐③。是日风雨，桐叶满庭。放翁书。

（《渭南文集·跋金奁集》）

## 注释

　　① 飞卿：温庭筠（约812—约866），本名岐，字飞卿，晚唐著名诗人、词人。精通音律、工诗，与李商隐齐名，时称"温李"。其诗辞藻华丽，浓艳精致，内容多写闺情，少数作品对时政有所反映。其词艺术成就在晚唐诸词人之上，对词的发展影响重大。在词史上，与韦庄齐名，并称"温韦"。存词七十余首，有《花间集》遗存，后人辑有《温飞卿集》及《金奁集》。其词多写花间月下、闺情绮怨，形成了以绮艳香软为特征的花间词风，被称为"花间派"鼻祖。

　　② 刘梦得：刘禹锡（772—842），字梦得，中唐著名诗人，有"诗豪"之称。诗文俱佳，与柳宗元并称"刘柳"，与韦应物、白居易合称"三杰"，并与白居易合称"刘白"，有《陋室铭》《竹枝词》《杨柳枝词》《乌衣巷》等名篇。竹枝词：乐府近代曲名。又名《竹枝》。原为四川东部一带民歌，刘禹锡根据民歌创作新词，多写男女爱情和三峡的风情，流传甚广。后代诗人多以《竹枝词》为题写爱情和乡土风俗。其形式为七言绝句。

　　③ 国史院直庐：国史院，编修当代历史的机关。其前身是

汉代的著作东观，晋改称著作省，唐改称史馆，宋初于门下省置编修院，专掌修纂国史、实录等。直庐，古代侍臣值宿之处。《文选·陆机〈赠尚书郎顾彦先〉》诗之二："朝游游曾城，夕息旋直庐。"吕延济："直庐，直宿之庐。"

## 译文

温庭筠《南乡子》八首，语意工妙，几乎可以追赶刘禹锡的《竹枝词》，它们风格接近，相信是同一时期的杰作。淳熙已酉立秋，风雨，桐叶满庭，在国史院直庐，陆游书。

## 品读

陆游不因词派废词家。对待词派与词家、词家与词作的关系，陆游主张，不因流派而废作家，也不因作家而废作品，人有佳篇，篇有佳句，句有佳字。总之，对流派、作家、作品需作深入研究，具体分析，审慎结论，防止简单、片面，笼而统之。比如他虽不喜欢花间词派的作品，但对该词派的领袖人物温庭筠的《南乡子》却独有青睐。他说："飞卿《南乡子》八阕，语意工妙，殆可追配刘梦得《竹枝》，信一时杰作也。"并不因不喜欢花间词派，而否定温庭筠；也不因整体上不喜欢温庭筠，而否定了他的具体词作《南乡子》，采取的是实事求是的科学态度。事实上，在《杨廷秀寄南海集》诗中，陆游再一次称颂："飞卿数阕峭南曲，不许刘郎夸竹枝。四百年来无复体，如今始有此翁诗。"（《剑南诗稿》卷十九）以温庭筠的《南乡子》、刘禹锡的《竹枝词》与杨万里的《南海集》相提并论，可知其称许之高。

刘禹锡传世作品中，有竹枝词十一首，其中
《竹枝词二首》组诗最为著名：

## 其一

杨柳青青江水平，闻郎江上唱歌声。
东边日出西边雨，道是无晴却有晴。

## 其二

楚水巴山江雨多，巴人能唱本乡歌。
今朝北客思归去，回入纥那披绿罗。

第一首诗写的是一位沉浸在初恋中的少女的心
情。她爱着一个人，可还没有确定对方的态度，因
此既抱有希望，又含有疑虑；既欢喜，又担忧。诗
人用她自己的口吻，将这种微妙复杂的心理成功地
予以表达。首句"杨柳青青江水平"，描写少女眼前
所见景物，用的是起兴手法。所谓"兴"，就是触物
起情，它与后文要表达的情事并无直接关系，但在
诗中却是不可少的。这一句描写的春江杨柳，最容
易引起人的情思，于是很自然地引出了第二句，"闻
郎江上唱歌声"。这一句是叙事，写这位少女在听到
情郎的歌声时起伏难平的心潮。最后两句"东边日
出西边雨，道是无晴却有晴"，是两个巧妙的隐喻，
用的是语意双关的手法。"东边日出"是"有晴"，
"西边雨"是"无晴"。"晴"和"情"谐音，"有晴"

"无晴"是"有情""无情"的隐语。"东边日出西边雨",表面是"有晴""无晴"的说明,实际上却是"有情""无情"的比喻。这使这个少女听了,感到难以捉摸,心情忐忑不安。但她是一个聪明的女子,她从最后一句辨清了情郎对她是有情的,因为句中的"有""无"两字中,着重的是"有"。因此,她内心又不禁喜悦起来。这句用语意双关的手法,既写了江上的阵雨天气,又把这个少女的迷惑、眷恋和希望等一系列的心理活动巧妙地描绘出来。这类用谐声双关语来表情达意的民间情歌,是源远流长的,自来为人民群众所喜爱。作家偶尔加以摹仿,便显得新颖可喜、引人注意。刘禹锡这首诗为广大读者所爱好,这也是原因之一。

第二首不像第一首那样以谐音写含蓄情事,而是从身居蜀地耳闻巴人歌唱自然引发怀乡幽思。首句"楚水巴山江雨多",看似平易概括的摹写却流露出诗人因王叔文派政治革新案多年贬谪远任的愁苦。楚地巴山远离长安,虽然暂时避开政治漩涡,但对于心怀远大抱负的诗人来说却仍是心有不甘的。"巴人能唱本乡歌",于此伤情怀思之下巴人乡歌又传入耳。巴人歌唱本属常有之事,诗人却将其平常事入诗中,可见诗人自己心绪却常常是不平静的。闻歌思归,自然引出下两句:"今朝北客思归去,回入纥那披绿罗。"诗人想归何处,可以从诗句中推测。《纥那》当是诗人家乡的乡歌。身披绿色绮罗踏着《纥那》曲的和声边舞边歌的乡人想必是欢迎自己归来。全诗风格明快活泼,有浓郁的生活气息和鲜明的民俗特色。

飞卿《南乡子》八阕歌，实为《南歌子》七首，又名《新添声杨柳枝》。最著名的是：

## 其一

一尺深红胜曲尘，天生旧物不如新。

合欢桃核终堪恨，里许元来别有人。

## 其二

井底点灯深烛伊，共郎长行莫围棋。

玲珑骰子安红豆，入骨相思知不知。

第一首前两句"一尺深红胜曲尘，天生旧物不如新"。起句言深红裙上蒙以浅黄之衣。裙与衣，深红配浅黄，红黄谐调，两相映衬，绚丽多彩。爱美之心人皆有之，谁也不愿老穿破旧衣服。故次句言"天生旧物不如新"。然而，就爱情而言，则不能"喜新厌旧"，而应是"日久弥新"才好，否则情不专而怨恨必生。后两句说"合欢桃核终堪恨，里许元来别有人"。桃核由两半相合而成，故曰"合欢桃核"，喻男女相遇合，或可作表达爱情之信物。

第二首一二句"井底点灯深烛伊，共郎长行莫围棋"。烛，谐音双关"嘱"。长行，古博戏名，此处读作游子的"长行"，隐喻"长别"。围棋，音同"违期"。诗人仍使用谐音双关手法，造成字面上的隐语，实际上是说诗中女主人公与郎长别时，曾深嘱勿过时而不归。"莫违期"是"深嘱"的具体内容，又为下文的"入骨相思"埋下伏笔。三四句"玲珑骰子安红豆，入骨相思知不知"。红豆即相思子，古人常用以象征爱情或相思。唐朝时贵族的闺阁间流行一种玩物，拿一小块象牙剖成两面，镂空之后镶入一颗红豆，再将剖开的两面嵌上去，复成六面，骰点当然亦是凿空的，一掷出去，六面皆红，即所谓"玲珑骰子安红豆"。红豆又称相思子，"入骨相思"，一语双关，其中缠绵之意，教人不由魂销。在章法上，则是与前二句"深嘱"早归"莫违期"的对应。

此两词写"合欢桃核终堪恨，里许元来别有人"，以讽喜新厌旧；写"玲珑骰子安红豆，入骨相思知不知"，以骰子喻己相思之情，既未见浓艳的辞藻，又未闻有些许脂粉气。其设想新奇，别开生面，在许多的爱情诗词中，使人顿觉耳目一新。大量使用谐音双关修辞法，更使词作独具一格，别有情致。

# 十八 跋后山居士长短句

唐末，诗益卑，而乐府词高古工妙，庶几汉魏①。陈无己诗妙天下②，以其余作辞，宜其工矣。顾乃不然，殆未易晓也。绍熙二年正月二十四日，雪中试朱元亨笔，因书。

（《渭南文集·跋后山居士长短句》）

## 注释

① 汉魏：魏晋建安时期的作品真实地反映了现实的动乱和人民的苦难，抒发了建功立业的理想和积极进取的精神，同时也流露出人生短暂、壮志难酬的悲凉幽怨，意境宏大，笔调朗畅，具有鲜明的时代特征和个性特征，其雄健深沉、慷慨悲凉的艺术风格，文学史上称之为"建安风骨"或"魏晋风骨"。汉末建安时期文坛巨匠"三曹"（曹操、曹丕、曹植）、"七子"（孔融、陈琳、王粲、徐干、阮瑀、应玚、刘桢）和女诗人蔡琰继承了汉乐府民歌的现实主义传统，普遍采用五言形式，以风骨遒劲而著称，并具有慷慨悲凉的阳刚之气，形成了文学史上"建安风骨"的独特风格，被后人尊为典范。

② 陈无己：陈师道（约1053—1102），字履常，一字无己，号后山居士，北宋著名文人，为苏门六君子之一，在诗、词、文、笔记丛谈等方面都有著述。生前诗名已很大，和黄庭坚并称"黄陈"，又和杜甫、黄庭坚、陈与义一起被后人列入江西诗派的"一祖三宗"。

## 译文

晚唐时期，诗格愈加卑下，而词却高雅古朴、工整妙致，几乎可追配汉魏建安风骨。陈师道诗歌妙绝天下，他用余力填写小词，理应工致，然而我读其词，却不以为然，大概是还没真正读懂其中奥义。绍熙二年正月二十四日，雪中试朱元亨笔，于是写下此文。

## 品读

陈师道作词五十余首，并且颇为自负。他在去世前一年元符三年写的一篇文章《与鲁直书》写道："迩来绝不为诗、文，然不废书，时作小词以自娱，用以卒岁。"简单地描述了自己创作词的背景，此时并不见特别矜持。而同年所写另一篇文章《书旧词后》，陈师道却表达了一种溢于言表的自负："余他文未能及人，独于词自谓不减秦七黄九。"其后，又在建中靖国元年写道："拟作新词酬帝力。轻落笔，秦黄去后无强敌。"（《渔家傲·从叔父乞苏州红湿笺》）

陈师道为后人称赞较多的词作是《木兰花减字》：

> 娉娉袅袅。芍药枝头红玉小。舞袖迟迟。心到郎客已知。当筵举酒。劝我尊前松柏寿。莫莫休休。白发簪花我自羞。

晁无咎赞赏它："人疑宋开府铁石心肠，及为

《梅花赋》，清腴艳发，殆不类其为人。无己清适，虽铁石心肠不至于开府，而此词清腴艳发，过于《梅花赋》矣。"可见，北宋时文人对陈师道词评价还是比较高的。

然而，陆游读陈师道词，却不以为然。为什么呢？究其原因，在于陆游对词与诗的体格是不大分辨的，甚至可以说词法与诗法是一致的，没有区别的。正因为如此，他在评陈师道词时说："陈无己诗妙天下，以其余作辞（词），宜其工矣。顾乃不然，殆未易晓也。"诗词异体，作法自别，一位作者擅长此而不擅长彼，这是常见的现象，有什么奇怪？陆游对陈师道工诗而不工词不大理解，说明他对诗词之体格微妙区分是不大了然的。

# 十九　跋范元卿舍人书陈公实长短句后

　　绍兴庚申辛酉间[①]，予年十六七，与公实游。时予从兄伯山、仲高、叶晦叔、范元卿皆同场屋[②]，六人者盖莫逆也。公实谓予"小陆兄"。后六十余年，五人皆已隔存殁。予年七十九，而公实郎君居字伯广者出此轴，恍然如与公实、元卿联杖屦[③]、均茵凭也[④]。为之太息弥日，因识其末。虽然，使死而有知，吾六人者安知不复相从如绍兴间乎？会当相与挈手一笑，尚何叹！嘉泰癸亥十月二十九日，笠泽钓叟陆某书。

　　（《渭南文集·跋范元卿舍人书陈公实长短句后》）

## 注释

　　① 绍兴庚申辛酉间：绍兴十年，十六岁的陆游与陆升之等人同去临安参加"春铨"——南宋朝廷为恩荫子弟未仕官者所特设的考试，于每年三月上旬举行。陆游与从兄伯山、仲高、陈公实、叶晦叔、范元卿六人同场屋。

　　② 场屋：科举考试的地方，又称科场。

　　③ 杖屦：手杖与鞋子。古礼，五十岁老人可扶杖；又古人

入室鞋必脱于户外，为尊敬长辈，长者可先入室，后脱鞋。

④ 茵凭：亦作"茵冯"，指车蓐与车轼。

## 译文

绍兴十年，我年十六七岁，与陈公实交游。当时我和从兄伯山、仲高、陈公实、叶晦叔、范元卿等人同一科场，我们六人也因此成为莫逆之交，陈公实称我为"小陆兄"。六十多年以后，其他五位都已经仙游。在我七十九岁这一年，陈公实的儿子（或女婿）伯广拿出这本词集给我看，我仿佛看到了我和公实、元卿等友人聚在一起，在临安脱屦挂杖乘车游览湖光山水。为此我感慨多日，于是跋文附于集后。假如人死了以后还有记忆的话，又怎么会知道我们六人不会像以前年轻时候一样相聚交游呢？我相信死后我们一定会相聚一起携手同游，这还有什么好感慨的呢！嘉泰癸亥十月二十九日，陆游书。

## 品读

嘉泰三年（1203），已经七十九岁高龄的陆游看到好友范端臣为陈公实词所作的题跋，激发了他少年时代的美好回忆。此跋的精妙之处在于，作者睹物思人，饱蘸笔墨，由范端臣题跋追忆了六十余年前赴临安应试时与陈公实等人结下的珍贵友情。同时也引发了陆游的想象：与好友相约共同游于九泉之下。表现了陆游对故交零落的深悲巨痛和对友人的深情厚谊。作者的思绪在追忆、现实和想象之间穿梭，虚实结合，情韵相生。

这篇跋文是陆游为好友陈公实词集所作，然而全文却只字未提与词作有关内容，与其说是一篇词跋，不如说是一篇感人的回忆录。陆游在绍兴十年（1140）赴临安应试，到临安后，陆游与从兄伯山、仲高、陈公实、叶晦叔、范元卿等交游。临安城内外到处留下他们游山玩水的足迹。"街坊灯火，湖柳风烟，岩壑搜奇，酒楼买醉，但肯富贵逼，肯怀贫贱忧。"（《渭南文集》）跋文抒发了生死聚散之情，语缓而情深。陆游先将十六七岁时六人交好的情景与六十余年后五人皆殁一人独存相对比，看似平淡的几句琐言蕴含了不可名状的悲痛。而在看到卷轴后，"恍然如与公实、元卿联杖屦，均茵凭也"，以形象的笔调刻画出往日相从的欢娱，所谓"以乐景写哀，以哀景写乐，一倍增其哀乐"。（王夫之《姜斋诗话》）悲痛的情绪在"为之太息弥日"处达到极致。而后笔锋一转，想象死后如若有知，六人或能再次携手，则今日又何必慨叹。看似消解了悲慨，实则是无力的开释。这篇跋文的感染力不在于对情绪毫无保留的宣泄，而在于一唱三叹、转折含蓄中流露出的沉郁感伤。